KB114642

나의
두 사람

나의
두 사람

나의 모든 이유가 되어 준
당신들의 이야기

김달님 지음

어떤
책

나는 내 부모가 예감하지 못한 시기에 갑작스레 세상에 오게
됐다. 너무 이르게 온 나머지 그들은 누구의 부모보다 누구의
자식인 게 더 어울리는 모습을 하고 있었다. 어쩔 줄 몰라
겁먹은 그들은 부모에게 갓 태어난 아이를 맡겼다. 아마
그들에게는 부모가 되기 위한 시간이 더 필요했을 것이다.
그런 사연으로 1988년 서울올림픽과 함께 태어난 나는
1939년생 김홍무 씨와 1940년생 송희섭 씨의 품에서 자라게
되었다.

조손 가정. 할머니 할아버지의 손에서 자란 아이.

  또래의 아이들과 다른 가정환경에서 자라는 일은 자주

나를 주눅 들게 했다. 가령 초등학교 숙제로 가족신문을 만들어야 했을 때, 고등학교 야자 시간에 한 아이가 엄마 이야기를 꺼내자 모두들 엄마, 엄마 하며 따라 울었을 때, 졸업식이든 운동회든 어디서든 내 부모가 가장 늙어 보였을 때, 친구 녀석이 우리 엄마가 이혼 가정 애들이랑은 어울리지 말래, 라는 말을 서슴없이 내 앞에서 했을 때. 그럴 때 나는 어떻게 해야 하는지 몰라 숨죽여 주변 눈치를 살폈다. 너무 당연한 룰에서 나만 벗어난 것 같은 초조함. 슬프기보다는 당혹스러웠다.

시간이 지나자 다행히 그런 것은 점차 괜찮아졌다. 크기와 깊이가 다를 뿐, 가정의 불행한 사연 하나쯤은 누구나 가지고 있었으니까. 그들의 불행과 비교해 위안을 받았다는 것은 아니지만 어쩌면 화목한 가정이란 누구나 기대하는 실체 없는 이미지에 가까울지 모른다고 생각했던 것 같다. 그리고 주위를 둘러보니 나는 행복과 불행을 고루 느껴 본 평범한 어른으로 자라 있었다.

내가 평범한 어른으로 자라는 동안 내 늙은 부모에게는 평범하지 않은 노력이 필요했을 것이다. 50의 나이에 다시 시작된 부모의 삶. 두 시간마다 깨는 갓난아기를 제 품에서 키우는 수고로움. 한 아이를 먹이고 입히기 위해 되풀이된 돈벌이의 고됨.

할머니는 고등어 반토막을 구워 자신의 밥 위엔 껍질을,

내 밥 위엔 살코기 전부를 올려 주었고 자신의 차림보다 내 옷의 다림질에 더욱 정성을 다했다. 60대 중반이 될 때까지 공사장을 다녔던 할아버지는 좋은 날엔 삼겹살, 졸업식엔 새 신발을 잊지 않고 챙겨 주고 싶어 했다. 내가 끝내 불행하지 않았던 이유는 그들이 아끼지 않고 주었던 사랑 덕분일 것이다.

그럼에도 어린 자식은 그 사랑을 당연하다 여겼다. 사랑한다는 말은 저 멀리 미뤄 놓은 채 말이 통하지 않는다고 답답해했고 바쁘다는 이유로 그들의 삶을 자주 모른 척했다. 때론 도망치고 싶었고 잊고 싶을 때도 있었다. 그래서 종내에는 자주 후회했다.

가끔 궁금했다. 기껏 키운 자식들이 부모의 바람을 꺾고 품을 떠나는 일을 몇 차례 겪었으면서도 또다시 나를 거두어 키우는 일이 그들에게 과연 기쁨이었을까. 남은 삶마저 비슷하게 소진될까 봐 혹시 망설여지지 않았을까. 후회되지 않았을까. 어떻게 최선을 다해 나를 키우고 사랑한다 말해 줄 수 있었을까.

만약 평범한 내게 조금이라도 특별한 기억이 있다면, 그것은 내 늙은 부모와 함께 보냈던 시간 덕분이다. 내가 누군가에게 따뜻한 사랑을 보여 준 적 있다면, 그 또한 내 늙은 부모가 주었던 사랑을 사랑인 줄 알고 자란 시간 덕분이다.

부족한 자식이지만 언젠가 기회가 된다면 그들과 함께
보낸 순간들을 소중하게 기억하고 있다고 말해 주고 싶었다.

그들이 준 사랑에 작은 대답이 될 수 있기를
바라는 마음으로 더 늦기 전에
우리가 보낸 시간들을 쓴다.

나의 그랜드마더, 그랜드파더.

차례

1

나를
　　기다리는
노란
불빛

할 머 니 의 바 퀴

몇 년 전부터 할머니는 이동의자에 앉아 조금씩 움직인다.
허리에 힘을 주고 바닥을 밀면 의자에 달린 작은 바퀴가
구르며 앞으로 나아간다. 할머니의 앉은키는 딱 내 허리
밑까지 온다. 할머니의 생활은 남들보다 반쯤 낮은 곳에서
이루어지는 셈이다.

한쪽 다리를 쓰지 못하는 할머니는 언제나 다른 무언가의
도움을 받아 움직였다. 가끔은 휠체어 바퀴를 굴렸고, 대개는
목발에 의지했다. 그래서 함께 살 땐 탁, 탁 하는 목발 소리로
할머니의 기척을 알아챘다.

내가 중학생이었을 때, 할머니는 자신의 몸집만 한
사륜 오토바이를 운전했다. 커다란 타이어 바퀴는 그동안
할머니가 의지한 것 중 가장 튼튼했고, 할머니의 활동
반경을 자유롭게 넓혀 주었다. 할머니는 그 오토바이를 타고
오일장에 나가 찬거리를 사 왔고 가끔 내가 막차를 놓치면 면
중심지에 있는 학교로 나를 데리러 왔다.

늦은 저녁 오토바이 뒤에 올라타 집으로 가는 길에는
가로등 하나 없이 산과 논밭뿐이어서 오토바이의
헤드라이트만 어둠 속에서 빛났다. 산동네는 너무 깜깜해서
자칫하면 죽을 수도 있겠다 생각했지만 그래도 할머니가
있으니까 덜 무서웠다. 지금 할머니와는 너무 거리가 멀어서
잠깐 꾼 꿈이었나 싶은 옛이야기.

이제 목발로도 걷기 힘들어진 할머니는 의자의 바퀴가 갈
수 있는 만큼만 스스로 움직일 수 있다. 그때 그 오토바이보다
훨씬 작은 바퀴가 달린 낮고 낡은 의자로는 아무리 멀리
나아간다 해도 거실의 끝이다.

창으로 내다보는 바깥 풍경이
할머니가 보는 세상의 전부가 되어 간다.
자꾸만 좁아지는 삶의 넓이.

그 안에서 바닥을 쓸고 할아버지 약을 챙기고 상차림을

거들고 자식들에게 전화를 거는 당신의 뒷모습을 본다.
부지런히 바퀴가 구른다.

오랫동안 할머니가 써 온
이동의자(위)와
최근 할아버지가 새로 만든
이동의자.
아래 손잡이는 문턱을 넘을 때
의자를 들었다 놓을 수 있도록
잡는 용도이다.
할아버지는 목발도
할머니의 몸에 맞게
직접 만들어 주었다.

오래된 이발사

할머니의 이발은 언제나 할아버지의 몫이다. 때가 되면
할아버지는 거실이나 마당에 자리를 잡고 장롱 위에 올려 둔
소쿠리를 꺼낸다. 네모나고 높이가 낮은 소쿠리엔 색 바랜
하늘색 가운과 미용 가위가 여럿 들어 있고 할아버지는 어떤
가위든 능숙하게 다룰 줄 안다.

　준비를 마친 할머니가 의자에 앉으면 할아버지는 할머니
몸에 가운을 두르고 몇 달 사이 자란 머리카락을 정성 들여
자른다. 면도칼로 목 뒤까지 다듬으면 할아버지는 할머니
얼굴에 동그란 거울을 비춰 주는데, 할머니는 늘 유심히 보지

않고도 다 됐네요, 하고 고개를 끄덕인다. 할아버지에 대한 오래된 믿음일 테다. 나는 그런 두 사람의 모습을 바라보는 게 좋다. 스펀지로 할머니의 얼굴에 묻은 잔머리를 털고 바닥에 떨어진 머리카락을 쓸어 담는 할아버지 모습도 좋다.

고등학교 졸업 전까지 할아버지는 내 머리도 자주 만져 주었는데 그때는 갈색 머리카락이 싫어서 검은색으로 종종 염색을 하곤 했다. 바닥에 신문지를 깔고 앉으면 할아버지는 본인이 쓰던 '양귀비' 염색약을 아낌없이 발라 주었는데 넉넉한 인심과 달리 손길이 다소 섬세하지 못한 단점이 있었다. 염색을 마친 밤엔 귀밑과 이마에 까만 자국이 얼룩덜룩. 아무리 깨끗이 감아도 며칠 내내 검은 물이 나왔더랬다. '양귀비'는 약국에서 한 통에 500원이면 구입할 수 있는 저렴한 염색약이었다. 장점은 아주 까맣게 염색된다는 점이었고, 단점은 너무 까맣게 염색된다는 점이었다.

알고 보니 할아버지는 서른 살에
이발소에서 일을 했고
이발소에서 같이 일하던 친구의 소개로
할머니를 처음 만났다고 한다.
할머니의 오래된 이발사 할아버지,
2010년

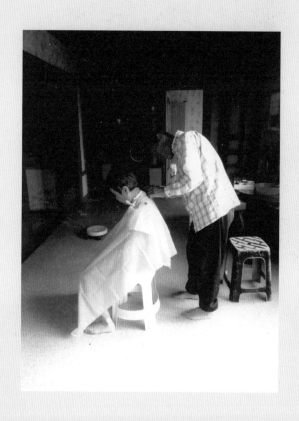

네가 모두
잊어버린다 해도

두세 살 무렵의 나는 요구르트를 무척 좋아했다고 한다.
할머니가 분유를 타 주면 얼마 먹지도 않고 요구르트를
달라며 떼를 썼다고. 처음엔 뭐라도 먹어야지 싶어 한두 병
주었는데 나중엔 안 되겠다 싶어 요구르트는 못 준다고 혼을
냈던 모양이다. 그쯤이면 포기할 줄 알았는데 일 끝내고
집으로 돌아오는 할아버지에게 뒤뚱뒤뚱 걸어가선 문 쪽을
가리키며 웅얼댔단다. 그럼 할아버지는 할머니의 잔소리에
아랑곳 않고 나를 데리고 슈퍼에 다녀왔다고. 그 후로도
할아버지만 보면 문 쪽을 가리키는 일이 계속되었단다.

할머니는 내가 배탈이 자주 나고 치아가 약한 건 다 그 때문이라고 할아버지를 탓한다. 그러면서도 당신은 이 얘기를 할 때마다 웃는다.

조금 더 자라서 나는 카메라 앞에 서는 걸 좋아했다고 한다. 시키지 않아도 이런저런 포즈를 잘 잡아서 주변 사람들을 웃게 만들었다고. 카메라 앞에서 자주 뻣뻣해지는 나는 그럴 리가 없다고 생각했지만 앨범을 보고선 금세 수긍하게 되었다. 90년대 시간들이 찍힌 사진 속엔 나무에 매달리고, 활짝 웃으며 뛰어오고, 선글라스를 우스꽝스럽게 끼고, 꽃밭 속에 숨어 있는 어린 내가 있다.

그즈음 할머니는 어느 공장에 딸린 식당에서 몇 년간 일했다고 한다. 운이 좋아 우리 가족은 식당과 붙어 있는 사택 비슷한 곳에서 살았다고. 할아버지도 일을 하러 나가는 낮엔 집에 아무도 없어 나를 혼자 두고 나왔어야 했는데 그게 항상 마음에 걸렸다고 한다. 몇 번이고 내가 잘 있나 뒤돌아보다 식당에 나가선 두 시간에 한 번씩 나를 보러 왔다고. 하루는 할머니가 달력의 숫자를 1에서 30까지 오려 숫자 세는 법을 알려 주었다고 한다. 1 다음엔 2가, 2 다음엔 3이, 그래서 9 다음엔 10이 나오는 거라고. 그러니 할머니가 올 때까지 1부터 10까지 연습장에 적어 보고 있으라고. 마침 내가 재미를 느끼는 것 같아 안심하고 식당으로 가 설거지를 하고 있는데 내가 문득 식당에 찾아왔다고 한다. 놀란 할머니가 너 왜 여기 왔니, 물었더니 내가 이렇게 대답했다고 한다.

"근데 할머니, 99 다음엔 뭐가 나와?"

모두 할머니 할아버지에게서 들은 이야기들이다. 여러 번 들어서 이제는 외우는 레퍼토리가 됐다. 분명 내가 존재했던 시간들이지만 정작 내 기억 속엔 없는 장면들. 내가 기억하지 못하는 한때의 내가 그들의 기억 속에만 살아 있다는 게 신기하다. 아이의 시간은 부모의 기억에 빗겨 흐르나 보다.

스무 살 가까이 차이 나는 남동생이 아주 어렸을 때 이야기다. 그 아이는 몇 달에 한 번씩 보는 나를 낯설어하지 않고 유난히 잘 따랐다. 어느 날은 욕실 세면대에서 세수를 하고 있는데 허리 아래에서 따뜻한 기척이 느껴졌다. 잔뜩 비누칠을 한 얼굴로 아래를 봤더니 아이가 내 다리를 한 팔로 안고 세수하는 시늉을 하고 있었다. 눈이 마주치자 생긋 하고 웃던, 순진하고 사랑스러운 얼굴. 괜스레 마음이 뜨거워져 나중에 네가 크면 이 장면을 꼭 말해 줘야지, 생각했다. 너는 아직 너무 어려 이 순간을 기억하지 못할 테니까. 아마 내 기억도 그렇게 할머니 할아버지에게 남았겠지.

　　일본의 제과 회사인 에자키 글리코의 광고엔 이런 카피가 있다.

작은 네가 올해의 여름을 잊어버려도 괜찮아.
엄마가 계속 기억해 둘게.

뒤늦게 입학한 유치원 등원 첫날이
소풍날이라 혼자서 원복 대신
원피스를 입고 있다.
게임을 빨리 끝내고 싶어서
반칙을 쓰는 나.

비가 쪼매씩 온다

"비가 쪼매씩 온다."

차창 너머를 보며 할아버지가 말한다. 바깥 소리가 잘
들리지 않는 할머니는 "그게 뭐예요?"라고 묻는다. 할머니의
귀는 남들보다 깊고 외로운 동굴. 조수석에 앉은 할머니는
뒤늦게 "비가 오네요" 말하고 할아버지는 처음 말하듯
"그렇네. 비가 쪼매씩 오네" 답한다. 그러게요, 할머니는
고개를 끄덕끄덕.

그제야 두 사람에게 공평하게 내리는 빗방울.

돌아와 줘,
핫핑크 스웨터

어느 해 가을. 어디선가 털실을 구해 온 할머니는 부지런히
뜨개질을 시작했다. 그해 할아버지는 먼 타지에서 일자리를
구해 몇 주 동안 집을 비웠고, 할머니는 뜨개질 덕분에
오랜만에 생기를 찾은 모습이었다. 나는 바닥에 등을 기댄
채 골똘히 집중하는 할머니의 옆얼굴과 실을 감고 뜨는 손의
분주함을 지켜보곤 했다. 20년은 지난 일이라 무채색에
가까운 장면이지만 털실의 색깔만은 선명하다. 산동네에선
좀처럼 보기 힘든 핫핑크였기 때문이다.

두 달 동안 할머니가 공들여 만든 것은 짜임이 튼튼해

보이는 '세타'였다. 할머니는 스웨터를 세타라고 불렀다.
너는 얼굴이 하얘서 분홍색이 잘 어울린다고, 할머니는
완성된 스웨터를 내 몸에 대 보며 한번 입어 보라 말했다.
따로 치수를 잰 것도 아닌데 품과 팔 길이가 꼭 맞았고,
무엇보다 따뜻했다. 그만큼 할머니는 솜씨가 좋았다.

그런데 그 스웨터가 나는 좀 부끄러웠다. 그때는 왜
할머니의 스웨터를 입는 일이 우리 집만의 비밀을 들키는
일 같았을까. 핫핑크 스웨터를 처음 입고 학교에 가던 날
나는 집에서 나오자마자 스웨터를 벗어 가방에 넣었다.
부피가 커서 잘 들어가지 않는 스웨터를 구겨 넣으며 마음이
불편했지만 집으로 돌아가는 길에 다시 꺼내 입으면 된다고
생각했다. 학교에 도착해 교실에 앉은 친구들의 옷들을
살펴보며 역시 입지 않길 잘했다고도 생각했던 것 같다.

집으로 돌아가는 시간. 그날따라 할머니가 집 앞에서
나를 기다리고 있었다. 미처 가방에 있는 스웨터를 꺼내 입지
못한 나는 당황했다. 그 자리에 서서 스웨터를 꺼내 입으려
우왕좌왕하는 나를 두고 할머니는 말없이 집으로 들어갔다.
그게 아니고, 더워서 잠시 넣어 놨던 건데……. 말해 보아도
할머니는 아무 대답이 없었다.

집으로 따라 들어간 나에게 할머니는 당장 스웨터를
벗으라며 소리를 질렀다. 어쩔 줄 몰라 두 눈만 껌뻑거리던
나를 할머니는 상기된 얼굴로 바라보았다. 화가 난 것 같기도,

슬픈 것 같기도 했던 얼굴. 어떻게 너까지 나한테 그럴 수가 있느냐고, 할머니는 소리 내 울었다. 그 말만 하고 방으로 들어간 할머니는 늦은 저녁까지 밖으로 나오지 않았다.

내가 할머니에게 상처를 주었구나. 셋이서 함께 지내던 친구들이 나를 제외하고 둘만 눈빛을 주고받을 때 마음이 날카로운 무언가에 찔린 것 같았는데, 그런 비슷한 것을 내가 할머니에게 주었구나.

그런 식으로 짐작은 했지만 사실 무엇을 그렇게 잘못했는지 알 수 없었다. 스웨터를 입지 않았기 때문에? 단지 그 이유 하나로?

그날 이후 할머니는 한동안 날카로웠고, 어쩐지 억울하기도 했던 나 역시 데면데면 굴었다. 핫핑크 스웨터는 그 후로 영원히 볼 수 없었다.

오랜 시간 동안 문득문득 스웨터의 기억이 떠오르곤 했다. 시간이 지날수록 기억에도 보풀이 생겨났지만 풀리지 않는 올처럼 미안한 마음은 그대로 남았던 모양이다. 아마도 그때 할머니는 외롭고 힘든 시간을 홀로 버티고 있었던 것 같다. 끝을 알 수 없는 막막한 어둠이 할머니 삶에 스며들어 있었는지도 모르겠다. 언젠가 나 역시 깜깜한 어둠 속을 혼자 건너 본 적 있듯이. 할머니가 스웨터를 짰던 날들은 스스로를 묵묵히 견디는 시간이었을지도 모른다고, 이제 와 겨우 짐작을 해 볼 뿐이다. 만약 그랬다면 할머니는 어린 나뿐인 그 집에서 얼마나 외로웠을까.

아주 가끔 그날로 돌아가는 상상을 해 본다.

핫핑크 스웨터를 입고 집으로 돌아가는 나.
마침 집 앞에서 나를 기다리고 있는 할머니.
집으로 돌아오는 핫핑크가 가까워지면
당신의 얼굴엔 어느새 환한 미소가.

할아버지의 콩깍지

할아버지는 손녀의 외모에 특히 관대했다. 너는 충분히
예쁘다, 귀엽다, 날씬하다, 믿기지 않는 말을 줄곧 듣고 자라
왔는데 딱 두 번 상처 아닌 상처를 받은 적이 있다.

　고등학교에 입학하고 처음 친구의 도움으로 눈썹을
다듬은 날. 한층 어른이 된 것 같아 들뜬 마음으로 집으로
돌아갔는데 할아버지는 나를 보자마자 물었다.

　"너를 이렇게 만든 미친년이 누구냐."

　너는 눈썹이 제일 예쁜데 네 친구가 망쳐 놨다는 게
이유였다. 눈썹이 제일 예쁜 얼굴이 예쁜 얼굴이라고 하긴

어렵지 않나? 나는 할아버지의 마음을 알 수 없어 묘하게 기분이 나빴다.

대학교 1학년 겨울. 할아버지와 아우터를 사기 위해 아웃렛에 갔다. 이것저것 구경하고 있는데 어디선가 귀를 가리는 방울모자를 찾은 할아버지는 내게 한번 써 보라 권했다. 나는 웃으며 "할아버지, 난 이런 모자 안 어울려요" 했지만 할아버지는 무슨 소리냐며 넌 뭘 하든 다 귀여우니 걱정 말라 했다. 하는 수 없이 모자를 쓰고 거울 앞에 섰는데 뒤에 서 있던 할아버지는 아무 말도 않고 나를 가만히 바라보더니 "허허. 이건 아닌 거 같네"라며 점원에게 모자를 다시 건네주었다. 그때의 황당함과 상실감이란.

나는 그 이후로 절대 방울모자를 쓰지 않는다.

눈이 올라는 갑다

재작년 겨울. 할머니는 잦은 복통으로 한동안 병원
신세를 져야 했다. 보호자 없이 병원 생활이 힘들었기
때문에 할아버지가 병실을 비우는 날이면 내가 이른 아침
시외버스를 타고 병원으로 갔다. 당시 할머니의 병실에는
다섯 명의 환자가 더 입원해 있었는데 오래된 소도시의
병원답게 모두 70, 80대 할머니 환자들뿐이었다. 큰 병을
앓고 있다기보단 대개 기력이 없는 노인들이었고 그들은
회진과 식사 시간을 제외하고는 오랜 시간 잠을 자거나 잘
들리지 않는 텔레비전을 보거나 창밖을 바라보며 시간을

보내고 있었다.

그날은 보호자도 나 하나였기 때문에 이따금 할머니와
내가 나누는 대화 소리를 제외하면 병실은 필요 이상으로
고요했다. 시간이 아주 느리게 흘러 병실 안으로 고이는
느낌이었다. 그 어색한 정적 속에서 나는 못다 한 일을
처리하느라 조심조심 노트북 키보드를 두드리고 있었다.

"아이고…… 하늘을 보니까 눈이 올라는 갑다."

창가 자리에 누워 있던 한 할머니의 목소리가 긴 정적을
깼다. 밭일을 하다 허리를 삐끗했다던가. 모로 누운 할머니의
파마머리는 베개에 닿는 쪽이 한껏 눌려 있었다. 오랜만에
들려온 말소리에 병실의 할머니들은 하나둘 몸을 뒤척였다.

"그러네. 진짜로 눈이 올 건 갑네."

"서울은 벌써 눈이 왔다드만……. 인자 여기도 오는
갑다."

병실에 있던 할머니들의 시선이 모두 창밖으로 향했다.
그들을 따라 나도 창밖을 바라보았다. 그해 겨울 들어 가장
추운 날이었지만, 눈이 예상되는 날씨는 아니었다. 게다가
버스를 타고 돌아가야 하는 내게 눈 소식은 결코 반갑지
않았다. 잠시나마 눈 이야기로 활력을 찾았던 병실은
이내 다시 고요해졌고, 그 후로 두어 시간이 지나는 동안
할머니들은 잠을 청하거나 무심히 창밖을 바라보았다.

"하늘을 보니까 정말로 눈이 올라는 갑다."

갑작스레 들려온 목소리는 이번에도 창가 자리의
할머니였다. 기다렸다는 듯 맞은편과 옆자리에 누운
할머니들도 이야기를 거들었다.

"그러네. 진짜로 눈이 올 건 갑네."

"서울은 벌써 눈이 왔다드만……."

병실 입구 쪽. 최고령 할머니의 목소리도 들려왔다.

"눈이 오면 길이 얼어가 우짜겠노."

"누가 오기로 했습니꺼?"

"우리 아들이 주말에 온다 했는데."

"할매, 걱정 마이소. 그때까진 다 녹습니더."

할머니들은 마치 창밖의 하늘을 처음 마주한 것처럼
이야기를 이어갔다. 눈 소식을 점쳐 보는 일이 올해 겨울 들어
처음이라는 듯. 내 곁의 할머니는 침대에 누운 채로 다른
할머니들의 말을 눈으로만 좇고 있었고, 갑작스레 두 시간
전으로 되돌아간 듯한 풍경에 나 혼자서 어색함을 느끼고
있었다.

그러한 대화의 반복은 그 후에도 시간의 간격을 줄여 가며
두어 번 더 이어졌다. 조용했던 오후의 병실은 눈 이야기를 할
때 반짝 활력을 찾았다가 이내 다시 잠잠해졌다. 그 장면을
지켜보면서 그들에겐 어쩌면 눈이 아니라 어떠한 '말'이
필요한 게 아닐까 하는 생각이 들었다.

내 할머니의 오랜 습관 중 하나는 같은 이야기를 몇 번이고
반복하는 것이다. 대개 자식들이 당신을 웃게 만든 이야기나
자식들에게 느낀 섭섭함에 관한 이야기인데 이미 여러 번 한
것도 항상 처음 하는 듯 말하곤 한다. 어떤 날에는 전화기를
붙들고, 어떤 날에는 밥을 먹다 말고, 어떤 날에는 텔레비전을
보다가 때마침 생각났다는 듯 이야기를 시작한다. 하루는
첫마디만 들어도 줄줄 외는 이야기를 처음인 듯 시작하는
할머니에게 짜증을 냈다. 도대체 몇 번째 하는 말이냐고,
똑같은 이야기가 지겹지도 않냐고. 그러자 머쓱한 얼굴로
할머니가 대답했다.

　"내가 다른 할 말이 어디 있겠냐."

　깊은 산속에 위치한 우리 집. 가까운 친구도 친척도
자식도 없는 곳에서의 나날. 혼자선 외출도 힘든 할머니의
일상엔 좀처럼 새로운 이야기가, 반짝반짝한 말들이 찾아들
수 없다. 그래서였을 것이다. 오랜만에 할아버지의 차를 타고
외출을 하는 날이면 별것 아닌 창밖 풍경에도 저것 봐라, 저건
무엇이냐, 아이처럼 묻던 이유가. 수화기로 내 안부를 전할 때
가끔씩 새로운 이야기를 꺼내면 반가운 목소리로 몇 번이나
되물었던 이유도.

할머니는 어떠한 말이라도 필요한,
말이 고픈 사람이었다.

어쩌면 병실의 다른 할머니들도 마찬가지일 것이다.

어느새 병실에도 저녁이 찾아오고 있었다. 다음 날 출근을
위해 저녁 버스를 타야 했던 나는 주섬주섬 짐을 챙겼다.
점심부터 예견했던 눈 소식은 아직 도착하지 않고 있었다.
　"아가씨야. 눈이 밤에는 오겠나?"
　창가 할머니의 질문이 이번에는 나를 향했다. 할머니들의
귀가 일제히 내 쪽으로 열리는 것이 느껴졌다. 당황한 나는
어젯밤에 확인했던 일기예보를 떠올려 보려 애썼다. 아, 오늘
눈 소식은 없었던 것 같은데…….
　"네. 아마 밤사이 오지 않을까요?"
　"아이고야. 서울은 벌써 눈이 왔다드만……."
　"눈이 오면 길이 얼어가 우짜겠노."
　"할매, 걱정 마이소. 그때까진 다 녹습니더."
　할머니들의 말로 병실엔 다시 한번 잠깐의 생기가
찾아들었다. 다들 한쪽 머리가 눌린 채 똑같은 환자복, 비슷한
뒷모습을 하고선 그런 갑다, 그런 갑다 하면서.
　창밖엔 정말 눈이 올지도 모르는 하늘이 도착해 있었다.

우리 집 평상에서.
말씀하시는 걸 좋아하는
할머니와 내 친구들,
2009년

들어오시면 옮습니다

할머니와 나는 겁이 많다. 할아버지 없이 둘만 집에 있을
때면, 집 안의 문이란 문은 모두 잘 잠겨 있는지 확인해야
서로 안심할 수 있었다. 그날도 그런 날들 중 하루였다.
학교를 마치고 집에 돌아오니 마침 할머니가 거실에서
전화를 받고 있었다. 가까운 사이는 아닌 듯 대답하는
목소리에 경계심이 묻어 있었다. 대수롭지 않게 여기고
옷을 갈아입으려는데 전화를 끊은 할머니가 대뜸 이걸
어쩌면 좋냐고 말했다. 어떤 남자가 전화를 걸어와 집에
남자가 있냐고 물어보았는데 자신도 모르게 여자들뿐이라고

대답했다는 것이다. 지금 생각해도 이상한 전화인데 아마도 보이스피싱이 아니었을까 짐작된다.

정체가 불분명한 전화 한 통은 환한 대낮임에도 우리 둘을 겁먹게 하기 충분했다. 여자들만 있는 집이라고 도둑들이 찾아오는 것은 아닐까? 우리가 살던 곳은 겨우 여섯 가구가 있는 산동네여서 이웃집들도 다 멀찍이 떨어져 있었다. 일단 우리는 집에 달려 있는 모든 문을 잠그기로 했다.

하지만 그것만으로는 안심이 되지 않았다. 내일 아침에 당장 학교도 가야 하는데 언제까지고 집 안에만 있을 수는 없는 일이었다. 뭐 뾰족한 수가 없을까. 콩닥거리는 마음으로 바쁘게 머리를 굴리는데 마침 텔레비전에서 신종 독감에 관한 뉴스가 나오고 있었다. 당시 우리나라에는 신종 독감이 대유행 중이었다.

"할머니, 우리 집 앞에 독감 환자의 집이라고 써 두면 어떨까?"

열 살 언저리의 아이가 떠올린 최선의 방어책이었다. 하지만 아무리 순진한 도둑인들 그 말을 믿을 리가 없지 않은가. 그럼에도 할머니는 넌 역시 천재라며, 좋은 방법인 것 같으니 어서 대문 앞에 붙이라고 말했다. 지금 생각해 보면 할머니의 장난이었던 듯하지만 그때의 나는 무척 심각했다. 가방에서 흰 종이를 꺼내 매직펜으로 또박또박 글씨를 적어 대문 중앙에 테이프로 꼼꼼하게 붙여 놓았다. 붙이고 보니 귀신을 쫓는다는 용한 부적처럼 꽤 안심이 되었다.

　집으로 들어와 한결 가벼운 마음으로 할머니와 이른
저녁을 먹고 잠을 청했다. 다행히 그날 밤 우리에게는 아무
일도 일어나지 않았고 밤새 우리 집 앞에는 이런 글귀가 붙어
있었다.

　　이 집은 독감 바이러스 보균자의 집입니다.
　　들어오시면 옮습니다.

정말 아무도 오지 않은 것이 다행인 밤이었다.

9

할아버지의 꿈

서른 넘어 할아버지는 배를 탔다고 했다. 처음엔 원양어선을
탔는데 돈이 잘 안 벌려 친구를 따라 화물선을 탔다고. 어릴
땐 교과서 없이도 수학 문제를 다 풀 만큼 똑똑했다던 그에겐
그의 가난과 영특함을 나눠 가진 네 명의 아들딸이 무섭게
자라고 있었고, 그만큼 많은 돈이 필요했다. 젊음을 담보로
성실히 배에 올라타 40개가 넘는 나라에 가 봤다지만 부두
근처를 벗어나기 어려워 어디를 가든 비슷한 나라 같았다고
한다. 그래서 할아버지는 다음 생엔 자유롭게 세계를
여행하며 살고 싶다고 했다.

이 이야기를 처음 들은 때가 10년 전이다. 그때의
할아버지는 꽤 건강했으므로 그 말을 아프게 듣지 않았다.
마음만 먹으면 해외는 어렵더라도 국내는 어디든 갈 수
있다고 쉽게 생각했으니까. 그리고 10년이 지나, 그사이
두 번의 큰 수술을 받은 할아버지는 다시 한번 "어디로든
자유롭게 떠나고 싶다"고 말했다. 명절 연휴의 마지막
날이었고, 내가 고향집을 떠나 집으로 돌아가는 기차를 타러
가는 길이었다. 어떤 대답도 할 수 없어서 그제야 당신의 말이
한꺼번에 슬펐다.

지금으로부터 50년 전.
사진 속의 젊은 할아버지를 바라본다.
원하는 만큼 걷고, 필요할 땐 뛰고,
소주 두 병은 거뜬히 마시고,
힘들여 돈을 벌고, 누군가의 기둥이 되고,
무심코 미래를 믿고,
결코 늙음을 모를 때의 당신을.
지금은 지팡이에 의지하지 않고선
쉽게 걷지 못하는 당신을.
지팡이 없인 제대로 걷지 못한다는 사실도
깜빡 잊는 나의 할아버지를.

10

우리들의 집

할머니, 할아버지 그리고 나. 우리 세 식구는 내가 열 살이
되던 해 산동네로 이사를 했다. 그전까지 할머니는 울산에서
작은 슈퍼마켓을 하고 있었고, 우리는 슈퍼 안쪽에 딸린
작은 방에서 함께 살았다. 할아버지는 한창 공사장을
다니던 때였는데 소화가 잘되지 않아 찾아간 병원에서
위암 진단을 받았다고 했다. 곧바로 위의 일부를 절제하는
수술과 항암치료를 병행했고 할머니는 암은 언제든 재발할
수 있으니 공기 좋은 곳으로 이사를 가자 했다고 한다.
그때 할아버지와 할머니의 나이가 각각 59세, 58세. 그들은

평생 모은 돈으로 소문을 듣고 찾아간 산동네의 땅을 샀다. 할아버지는 공사장 동료들과 함께 우리가 살게 될 집을 지었다.

집이 완성되기 전 어느 여름밤. 그 집에 가서 함께 잔 적이 있다. 불도 켜지지 않는 거실 시멘트 바닥에 이불을 깔고 우리 셋은 나란히 누웠다. 고개를 옆으로 돌리면 문이 달리지 않은 창밖으로 네모난 어둠이 떠 있었다. 어려서 잘 기억은 나지 않지만 그날 밤 두 사람은 조금 들떠 있었던 것 같다.

"여기가 우리 집, 우리 집이에요."

누구보다 부지런히 살았지만
늘 어딘가에 딸린 방에 살아왔던 사람들.
평생 살아온 도시와는 동떨어진
외지에서 살게 되었지만
드디어 그들도 자신들의 집과
고유한 주소를 가지게 되었다.

이사를 하고 얼마 지나지 않아 할아버지와 나는 마당에서 집으로 들어가는 반층 정도의 계단을 함께 만들었다. 내가 자동차 트렁크에 실려 있는 납작하고 둥그런 돌을 계단 입구로 나르면 할아버지는 꼼꼼하게 시멘트를 발라 계단 모양을 완성했다. 그때는 잘 몰랐지만 어린아이의 보폭만큼

낮고 너른 계단은 평생 계단 오르는 일을 힘들어했던
할머니를 위한 작은 선물이었다.

올해로 스물두 살이 된 집. 그 집엔 세 식구가 보낸
시간이 고스란히 배어 있다. 볕이 잘 드는 창가에 앉아
할머니가 바깥을 자주 구경하던 집. 할아버지가 가꾸던
텃밭에 계절마다 다른 작물들이 자라나던 집. 항아리에서
고추장, 간장, 된장이 나란히 익어 가던 집. 산바람에 빨래가
펄럭이며 구김 없이 마르던 집. 늦은 오후, 재봉틀 돌아가는
소리가 들리던 집. 때마다 할아버지가 도배를 새로 하던
집. 여름날엔 마당에 있는 평상에 앉아 수박을 나눠 먹던
집. 가을이 되면 장대를 이용해 할아버지가 감을 따던 집.
어떤 곳보다 어둠과 겨울이 빨리 찾아오던 집. 도시에선
보기 힘든 눈이 무릎까지 폭 폭 쌓이던 집. 눈사람을 만들어
놓으면 할아버지가 숯으로 눈썹을 그리던 집. 책 읽는 걸
좋아한 한 아이가 중학생이 되고, 고등학생이 되고, 대학생이
되어 도시로 도망치듯 떠난 집. 겨우 도망쳤다 싶으면서도
자주 돌아봐 그림자처럼 남아 있는 집. 누가바와 비비빅을
좋아하는 노부부가 함께 늙어 가는 집.

어느 날 할머니는 자신이 죽으면 이 집은 나에게 물려준다고
말했다. 아빠랑 고모를 줘야지 왜 나를 줘, 물으면 그래도 이
집은 나를 주고 싶다 했다. 유언장도 그렇게 써 놓을 거라고.

"너 결혼할 때 다른 건 못 해 줘도 이 집 하나 줄 수 있다는
거. 그게 얼마나 든든한지 모르지?"

그 말에 나는 이렇게 대답했다.

"이 집을 왜 날 줘. 할머니 할아버지가 여기서 평생
살아야지."

가끔씩 혼자 사는 방에 켜진 불빛이 작고 초라하게 느껴질
때가 있다. 스스로 켜고 끄는 1인분의 불빛이 외롭고
막막해질 때가 있다. 그런 날엔 잊지 말고 기억하기를. 해가
짧아진 어느 겨울날, 학교를 마치고 집으로 돌아갈 때면 나를
기다리고 있던 노란 불빛이 여전히 그곳에 있다는 사실을.

언젠가 그들이 영원히 집을 떠나게 된다 하더라도
그 집은 언제나 우리 셋, 우리들의 집.

공사 중인 우리 집,
1997년

안방 문에는 문고리가 하나 더 있다.
할머니를 위한 낮은 문고리.

얼마 전 할머니는 마당에서
넘어져 머리가 찢어졌다.
이제 할머니가 외출을 하기
위해선 누군가가 밀어 주는
휠체어가 필요하다.
할아버지가 버리는 장롱 문을
이용해 휠체어 경사로를
만들었다.

할아버지와 함께
나이 든 공구들.
할아버지는 이 공구들로
집에 필요한 무엇이든
직접 만들고 수리했다.

할아버지와 내가 함께 만든 계단

벽돌로 지은 우리 집.
자세히 보면 창가에서 손을 흔드는 할머니 모습.
내가 학교에 갈 때마다 할머니는 저렇게 손을 흔들어 주었다.

창이 넓고 볕이 잘 드는
거실에서 나의 두 사람,
2018년

2

어떤 성실함은
슬픔으로
다가온다

11

할아버지가 숨군 것들

할아버지는 해마다 텃밭에 무언가를 심었다. 식구들 먹을
양보다 조금 넉넉하게, 매년 종류를 다양하게. 밭의 규모는
크지 않았지만 할아버지는 하루의 많은 시간을 밭에서
보냈다.

농사는 결국 하늘의 뜻이라지만, 농사만큼 사람의
시간과 정성이 필요한 일도 없다. 흙이 부드러워지도록
밭을 갈고, 때에 맞춰 파종하고, 적당히 물을 주고 잡초를
뽑는 할아버지의 부지런함 덕분에 매년 우리 집엔 수확의
즐거움이 찾아왔다.

나는 감자를 수확하는 일이 가장 좋았다. 초여름, 성글어진 흙을 살살 호미질해 보면 통통한 감자알들이 줄줄이 엮여 밖으로 나왔다. 땅속을 보기 전까진 얼마나 자랐는지, 몇 개나 숨어 있는지 알 수 없어서 수확할 때마다 재미가 있었다. 반대로 고추는 자랄 때도 병충이 많아 수고로운 작물인 데다 수확 또한 힘들었다. 쪼그려 앉아 주렁주렁 달린 고추를 일일이 따다 보면 뜨거운 가을 햇살이 목과 등 뒤로 달라붙었다. 당근은 땅 위로 자란 순을 힘주어 당겨 흙에 묻힌 몸통을 쏙 빼내야 하고, 옥수수는 몸통째 비틀어 따야 하고, 부추는 먹을 만큼만 칼로 베어 내면 금세 또 자랐다.

그 밖에 쭉 뻗지 않고 둥글게 몸을 말아 자라나는 오이, 보라색 꽃을 피워 내는 매끈한 가지, 눈에 띄지 않는 곳에서 느긋하게 늙어 가는 호박, 벌레들이 갉아먹은 자리마다 구멍이 숭숭 나 있던 배추와 깻잎. 모두 텃밭에서 잘 자라 식탁 위에 올라왔다. 텃밭과 함께 자란 덕분인지 지금도 나는 땅에서 나는 것들을 보면 순전하게 기쁘다.

몇 년 전만 해도 풍성했던 텃밭은 규모가 점차 작아져 지금은 할아버지의 표현대로 '노는 땅'이 많아졌다. 해마다 꼭 심던 고추도 올해는 오랜 이웃인 한씨 아저씨 도움으로 겨우 심었다. 아마 내년엔 이마저도 힘들 것 같다고 할아버지는 말했다. 다리를 굽히고 허리를 숙여 밭을 돌보는 일이 힘에

부친 탓이다. 빈자리가 늘어 허전해진 텃밭을 바라보며
그동안 할아버지가 가꾸던 것들이 얼마나 아름다웠는지 새삼
그리워졌다. 성실히 자라는 것들이 주는 생기와 풍요로움도.

할아버지는 무엇을 '심는다'고 하지 않고 '숨군다'고 말한다.
"고추를 숨궜다"거나 "배추를 숨굴 거다"라거나.
　　'숨구다'는 말은 땅속에 숨긴다는 말에서 온 걸까. 어원은
정확히 알 수 없지만 '숨'이라는 말 덕분에 땅속에 숨을
불어넣는 말처럼 느껴진다. 그래서 숨군다는 말이 좋다.

할아버지는 텃밭뿐 아니라
내 삶에도 많은 것들을 숨궈 준 사람이다.
그것들이 시들지 않도록 정성을 다해 돌보는 일.
내게 남은 귀중한 몫이다.

할아버지의 텃밭,
2016년

12

휴게소 우동의 맛

내가 고등학교를 졸업할 무렵까지 우리 세 가족은 1년에
서너 번 할아버지의 차를 타고 서울에 다녀왔다. 서울에는
할머니 할아버지의 세 딸들이 살고 있었고, 그들은 비슷하게
빠듯한 삶을 사느라 명절 때에도 집에 잘 내려오지 못했다.
그래서 할아버지는 혼자 사는 큰딸에게 김치를 가져다준다,
기관지가 안 좋은 둘째 딸에게 수세미즙을 가져다준다, 하며
서울로 향하는 운전대를 잡았다.

집에서 서울까지는 넉넉잡아 여섯 시간. 새벽잠 없는
노부부는 해 뜨기 전 일어나 조심스레 방문을 열고 나갔다. 그

기척에 설핏 잠에서 깨면 그들이 나간 문틈 사이로 희미하게
부엌의 소리가 새어 들었다. 꼼꼼한 할아버지는 김치통을
보자기에 꽁꽁 싸매고 있을 테고, 할머니는 계란을 삶고
보온병에 커피를 담고 있을 터였다. 부지런히 그들의 준비가
모두 끝나면, 게으른 나는 그제야 자리에서 일어나 잠에서 덜
깬 그대로 차 뒷좌석에 올라탔다. 차창 밖은 아직 어슴푸레한
새벽녘이었고 나는 곧 깊은 잠에 빠져들었다.

얼마나 달렸을까. 깨어나면 어느새 환한 아침, 서울로
향하는 고속도로 위였다. 할머니와 할아버지 사이 차창
너머로 초록색 표지판이 보였다. 표지판엔 앞으로 우리가
거쳐 가야 할 도시 이름과 서울까지 남은 거리가 킬로미터로
표시되어 있었다. 어린 나는 서울까지 남은 몇 백 킬로미터를
실감하기 위해 100미터 달리기를 몇 바퀴 돌아야 하는지
생각했다. 몇 백 바퀴, 몇 천 바퀴…… 생각만으로도 도저히
달릴 수 없을 만큼 서울은 깜깜 멀었다.

그 길고 긴 여정을 가장 좋아한 사람은 할머니였다.
할머니는 혼자선 외출이 힘들었기 때문에 할아버지가
차를 타고 가까운 면내에 나갈 때도 꼭 조수석에 올라타
함께 갔다. 조수석 차창으로 보는 바깥 구경이 할머니의
유일한 세상 구경이었기 때문이다. 혼자 시간을 보내고
싶은 할아버지는 매번 따라나서는 할머니에게 가끔 핀잔을
주었지만, 그럼에도 대부분의 외출을 할머니와 함께했다.

가령 할아버지가 이발소에서 이발을 하는 동안 할머니는
차에서 가만히 할아버지를 기다렸다가 집으로 함께 돌아오는
식이었다. 그런 할머니였으니, 편도만 장장 여섯 시간인
여정은 얼마나 좋았을까.

서울로 가는 동안 할머니는 창밖을 보며 연신 이것 봐라,
저것 봐라 했다. 그럼 나는 졸다가, 음악을 듣다가, 책을
읽다가 창밖을 내다보았다. 그때마다 창밖의 장면들은 언뜻
비슷한 풍경처럼 보였지만, 자세를 바로잡고 주의를 기울여
보면 다 조금씩 다른 풍경이었다. 나무들만 보아도 지역에
따라 나무의 결과 모양이 제각각 달랐다. 저마다 바람에
흔들리는 모습까지도. 할머니는 사진을 찍듯 창밖을 보았다.
뒷좌석에 앉아 할머니 쪽을 바라보면 차창에 할머니의
옆얼굴이 비쳤다. 내가 오래도록 보고 자란 얼굴이었다. 가끔
애인의 차를 타고 조수석에 앉아 조용히 창밖을 내다볼 때면
그때의 할머니가 되는 기분이 들곤 한다. 그럼 이상하게 조금
쓸쓸해진다.

할아버지는 여섯 시간을 달려 도착한 서울에서 겨우
하룻밤을 자고 날이 밝자마자 집으로 돌아갈 채비를 했다.
주고 싶은 것은 줬으니 됐고, 어떻게 사는지는 얼굴 봤으니
됐다는 거였다. 이럴 거면 택배를 보내는 게 낫지 않나? 나는
고모들네 집에서 스무 밤이고 더 자고 싶었지만 운전대를
잡은 할아버지를 따라갈 수밖에 없었다.

서울에서 집으로 돌아가는 길. 우리는 꼭 같은 휴게소에 들렀다. 잠시 쉴 겸 늦은 점심을 먹기 위해서였다. 메뉴판 앞에서 돈가스를 먹을지, 라면을 먹을지 고민하는 나와 다르게 할머니의 메뉴는 항상 똑같았다. 그것은 따끈한 휴게소 우동이었다. 외식을 할라치면 집에서 먹으면 되지 왜 밖에서 돈을 쓰냐 하던 할머니도 휴게소 우동만은 좋아했다. 한 그릇에 4천 원, 저렴하고 만만한 휴게소 우동의 맛.

"난 휴게소에서 먹는 우동이 맛있더라.
꼭, 여행 온 것 같잖아."

비슷한 등산복을 입고서 저마다 들뜬 얼굴을 한 사람들, 핫도그를 한입 앙 베어 먹는 어린아이와 아이의 돈가스를 잘라 주는 젊은 엄마, 번호표를 들고 황급히 자리를 뜨는 중년의 남자, 부모의 수저를 살뜰히 챙겨 주는 서른 즈음의 딸, 버스 출발을 알리는 쩌렁쩌렁한 목소리에 호들갑을 떨며 자리를 정리하는 사람들. 휴게소 안에는 어딘가로 떠나거나 돌아가는 사람들이 있었다. 휴게소는 그런 사람들이 다시 떠나고 돌아가기 위해 잠시 머무는 곳이었다.
　짧은 사이, 한 무리가 빠져나가고 다시 새로운 사람들이 빈자리를 채웠다. 그래서 휴게소 안은 언제나 평균보다 조금 더한 활력을 유지하고 있었다. 그 속에서 할머니 할아버지는

말없이 우동 한 그릇을 비워 내고 있었다. 그들을 따라
밍밍하지만 따뜻한 우동 국물을 먹으며 생각했다. 여행이 뭐
별건가. 떠나고 돌아가는 일이 여행이라면, 우리도 지금 분명
여행 중이었다. 오후도 절반이 지나고 내가 앉은 쪽의 유리창
너머로 휴게소를 빠져나가는 차량들이 보였다. 다들 어디로
가는지는 모르지만 모두 안녕히 그리고 무사히 떠나고
돌아가기를.

"할머니, 가자."

이제는 우리도 집으로 돌아가야 할 시간이었다.

자동차 뒷좌석에서 본
할머니 할아버지

13

돌멩이 난로

겨울 아침. 할머니는 방바닥에 뜨끈하게 데워 놓은 돌멩이를
내 교복 주머니에 넣어 주었다.

"추우니까 식을 때까지 손 넣고 있어."

버스를 타러 내려가는 길. 주머니에 손을 넣어 돌멩이를
만지작거렸다.

내쉬는 숨마다 하얗게 입김이 나오는데도
손끝은 내내 따뜻했던 그해 겨울.

항상 늦는 이해

비 오는 날이면 창밖을 자주 보던 어린 나를 기억한다. 비
오는 날은 할아버지가 집에 오는 날. 공사 현장에서 일하던
할아버지에게 비 오는 날은 곧 일을 쉬는 날이었다. 공사
현장은 대개 집과 멀리 떨어져 있어서 일단 일이 잡히면
할아버지는 몇 주씩 집을 비워야 했다. 그래서 할아버지가
집에 온다는 소식은 할머니와 내게 작은 경사와 같았다.

　뒷목이 항상 까맣게 타 있던 할아버지는 늘 잊지 않고
검은 봉지 가득 과자와 아이스크림을 사 왔다. 무엇보다
밥상에 수저 하나 더 놓고, 이부자리를 하나 더 펴는

것만으로도 집안의 공기가 달라졌다. 되도록이면 할아버지가
집에 더 오래 머무르기를 바랐다.

그 바람은 오래지 않아 이루어졌다. 매년 성실하게 공사
현장에 다니던 할아버지는 그 횟수가 차츰 줄어 내가 열다섯
무렵엔 대부분의 날들을 집에서 보내게 되었다. 그즈음
할아버지는 방 안에 앉아 누군가에게 부지런히 전화를
돌렸다. 종종 집에도 놀러 오던, 주로 할아버지를 형님이라고
부르던 사람들에게였다. 짐작컨대 할아버지가 들었던 말은
대부분 미안하다는 말이었을 것이다. 할아버지는 더 이상
노동에 적합하지 않다는 선고를 연이어 듣고 있는 중이었다.

전화기 앞에서 수첩을 넘기던 할아버지를 보며 더 이상
할아버지가 일을 할 수 없게 된 거구나, 짐작했지만 그것이
어떤 종류의 상실감인지 실감하지 못했다. 다만 할아버지가
집에 있어서 좋았다. 이젠 할아버지가 일을 하러 가지 않아도
돼서, 오랫동안 집을 비우지 않게 돼서 다행이라고 생각했다.

하지만 얼마 지나지 않아 할아버지를 견딜 수 없게 됐다.
더 이상 전화를 돌리지 않게 된 할아버지는 대신 혼자서 술을
마시기 시작했다. 처음엔 반주로 몇 잔, 나중엔 대낮부터
밤늦게까지 얼굴과 목이 시뻘게지도록 마셨다. 할아버지는
학교에서 돌아온 나를 앞에 앉혀 놓고 뭉개진 발음으로
무언가를 계속 묻는 듯한 말을 했다. 짧게 끝날 때도 있었지만
어떤 날은 한 시간을 넘겼다. 참다못한 할머니가 애는 그냥

두라고 하면, 너희들도 다 나를 무시하는 거냐며 핏대를 세워 소리를 높였다. 나는 고개를 숙이고 이 시간이 지나가기만 기다렸다. 말없이 묵묵히 그 시간을 견뎠다. 할아버지를 이해하기 위해서가 아니라 할아버지를 조용히 미워하기 위해서였다. 한참을 아무 말도 않고 있으면, 결국 할아버지도 미안하다며 방에 들어가라고 했다.

그런 시간이 1년 넘게 이어졌다. 살면서 처음으로 할아버지가 싫었다. 학교에서 돌아오면 할아버지와 마주하게 될까 봐 얼른 방으로 숨어 나오지 않았다. 그땐 방문 바깥의 할아버지를 이해할 수 없었다. 왜 아무 잘못 없는 가족들을 괴롭힐까? 도대체 무엇이 그렇게 힘들어서?

그러다 우연히 거실 서랍에 있던 수첩 하나를 보게 됐다. 손바닥만 한 수첩 겉면엔 할아버지의 이름이 적혀 있었다. 궁금한 마음에 수첩을 펼쳐 봤다. 그 안엔 할아버지의 글씨가 아닌 누군가의 도장으로 빼곡히 채워진 달력이 있었다. 처음엔 무엇인지 몰랐지만 한 장 한 장 넘겨보면서 깨달았다. 매월 할아버지가 하루의 노동을 확인받는 도장이었다.

수첩은 가벼웠지만
그 안에 담긴 값은 무거웠다.
하루하루 세 가족의 생계를 책임졌던
할아버지의 노동이 담긴 무게였다.

어떤 성실함은 때로 슬픔으로 다가온다. 그때 나는
할아버지의 마음을 아주 조금 이해했을지도 모른다. 더 이상
수첩을 채울 수 없는 나날. 할아버지가 느꼈을 막막함과
두려움, 박탈감과 무력함 같은 것들. 그날도 할아버지는
거실에 앉아 술을 마시고 있었다. 말리지 않는다면 몸을
가누지 못할 때까지 마시고 또 마실 터였다. 할아버지는 온통
어둠뿐인 창밖을 바라보고 있었다.

안에서 바깥을 바라보는 기분이었을지,
바깥에서 안을 바라보는 기분이었을지
아직 잘 모르겠다.

어느 쪽이든 혼자 견뎌야 한다는 점에서 쓸쓸하긴
마찬가지였을 것이다.

시간이 훌쩍 지나 이젠 나도 돈을 버는 사람이 되었다.
큰돈은 아니지만 일정 금액을 집으로 보내면서 그들에 대한
아주 작은 책임감을 느낀다. 병원비의 일부를 보태거나
제철 과일을 사 가며 뿌듯함을 느끼기도 한다. 다만 수입이
많은 편이 아니라 가끔 적은 액수 앞에서도 망설여질
때가 있다. 당장 10만 원조차 빠듯하게 느껴질 때가 있고
생활비를 건너뛰어야 했던 달도 있다. 그럴 땐 누가 뭐라

하지 않아도 스스로 작아지는 기분이 들고 종종 그때의 할아버지가 떠오르기도 한다. 물론 지금도 할아버지를 완전히 이해했다고 할 수는 없다. 온전히 할아버지의 입장이 되어 보지 못했으니까. 다만 살아가며 짐작의 범위를 넓혀 갈 뿐이다. 자식이 부모를 이해하는 일은 그래서 항상 늦다.

그 후, 할아버지는 틈틈이 바깥일을 하면서 집에서도 자신의 역할을 찾고자 했다. 하지만 오랜 시간 집안 살림을 맡아 온 할머니의 영역이 있었고, 그 때문에 때로 두 사람은 날카롭게 부딪쳤다. 할아버지는 집에 새로 뿌리를 내리는 사람처럼 열심이었다. 다행히 두 사람은 서로 타협하고 적당히 눈감아 주기도 하면서 제법 균형을 맞춰 갔다. 이제는 주방에 서 있는 할아버지의 뒷모습이 익숙하다. '집밥 김 선생'이 된 할아버지가 밥을 안치고 찌개의 간을 맞추면, 할머니가 반찬통을 열고 수저를 놓는다. 할아버지가 세탁기에 돌린 빨랫감을 마당에 널면, 할머니는 잘 마른 빨래를 차곡차곡 갠다. 할아버지는 몇 년에 한 번씩 도배를 새로 하고, 김장과 제사상도 자신의 주도로 차례차례 진행한다. 쇠약해진 할머니가 집안일을 못 하게 되면서 할아버지의 톱니바퀴가 훨씬 커진 것이다. 그렇다 해도 때론 할머니의 작은 바퀴가 굴러야 할아버지의 바퀴가 굴러간다. 할아버지와 맞물린 할머니의 바퀴가 스르르 굴러가기도 하듯이.

오늘도 할아버지는 주어진 하루를 빼곡히 살아냈을 것이다. 내가 아는 할아버지는 그런 사람이다. 이제 와 늦은 이야기지만 할아버지에게 말해 주고 싶다.

당신이 어딘가로부터 밀려났다고 생각한 적 없다고.
공사를 마치고 돌아온 할아버지 손에 들려 있던,
검은 봉지의 달콤한 과자들이 어린 나에겐 즐거움이었지만
그보다 할아버지와 셋이 자는 잠이 더 든든했다고.

15

그 때 의   책 꺼 풀

"교과서는 소중한 거야."

　초등학교에 입학해 처음으로 교과서를 받아 온 날.
할아버지는 방바닥에 교과서를 펼쳐 놓고 하나하나 내용을
살폈다. 할아버지 옆에 앉아 함께 들여다본 교과서엔
점선으로 이루어진 글자들과 기본적인 산수 문제, 즐거운
생활을 노래하는 음표들이 그려져 있었다. "요즘엔 책들이
아주 재밌게 나오는구나"라고 말하던 할아버지의 표정이
따뜻하고 밝아서 하마터면 그 말에 깜빡 속을 뻔했다.

　교과서 구경을 끝낸 할아버지는 안방 서랍을 열어

30센티미터 자와 커터칼, 스카치테이프, 매직을 찾아 꺼내 왔다. 장롱 위에 여분으로 올려 둔 맨들맨들한 재질의 달력도 가져와 교과서 옆에 내려놓았다. 할아버지는 먼저 방바닥에 신문지를 깔고 교과서의 가로와 세로 길이를 꼼꼼하게 재기 시작했다. 각각의 길이를 신문지의 남는 공간에 옮겨 적어 놓고 달력 한 장을 뜯어 교과서 가로세로 길이보다 한 마디 정도 넉넉하게 잘라 냈다. 싹둑싹둑. 가위 소리와 함께 뭉툭한 손의 시간이 부지런히 흘러갔다. 옆에 앉아 구경만 하던 나는 어떤 일이 진행되고 있는지 정확히 알 수는 없었지만 할아버지의 눈빛에서 '소중하고 중요한 무언가'를 만들고 있다는 것은 알 수 있었다. 할아버지는 손녀의 첫 책을 감싸 줄 '책꺼풀'을 만드는 중이었다.

반듯하게 오린 달력의 흰색 면을 바깥으로 향하게 해 책을 감싸고, 앞표지와 뒤표지의 위아래 옆 부분을 남는 길이만큼 안쪽으로 접었다. 그리고 겹치는 부분은 잘라 낸 뒤 스카치테이프로 꼼꼼히 접착하면 하얗고 맨들맨들한 책꺼풀이 만들어졌다. 그때의 교과서 재질이 지금보다 더 닳기 쉬웠기 때문이었는지 학교에 가면 나처럼 교과서에 책꺼풀을 씌운 아이들을 많이 볼 수 있었다. 학교 앞 문구점에서 저렴한 가격에 책꺼풀을 팔기도 했고, 더러 예쁜 포장지나 비닐커버로 책을 감싸 오는 아이들도 있었지만 할아버지는 '책꺼풀'이란 단연 달력으로 만들어야 튼튼하다고 했다.

책꺼풀 위에 과목 이름을 적는 일도 할아버지의 몫이었다. 읽기. 쓰기. 바른생활. 즐거운생활. 정성 들여 쓴 할아버지의 글씨는 무뚝뚝하고 근엄한 표정을 짓고 있었지만, 글씨의 획마다 다정함도 깃들어 있었다. 할아버지의 글씨 아래 학교 이름과 학년, 반, 번호, 이름을 적는 일은 내 몫이었다. 'ㄱ' 하고 'ㅣ' 하고 'ㅁ'. 'ㄷ' 하고 'ㅏ' 하고 'ㄹ'. 삐뚤빼뚤 서툴렀지만 짧게 쥔 연필로 이름을 눌러쓰고 나면 기분이 좋았다.

"이야, 이젠 글씨도 잘 쓰는구나."
무엇보다 할아버지의 칭찬이 좋아서
나는 자꾸만 내 이름을 쓰고 싶었다.

그날 밤. 첫 수업 시간표에 따라 교과서를 넣은 책가방을 머리맡에 두고 누웠다. 뾰족하게 깎은 연필이 든 필통도, 책꺼풀을 씌운 교과서도, 새로 산 공책들도 다 챙겨 넣었는데 자꾸 무언가를 빼먹은 기분이 들었다. 오전에 본 낯선 교실 풍경과 선생님의 얼굴이 떠올랐다. 마음이 몽글몽글한 밤이었다.

16

독 립 하 던   날

고등학교 3년 동안 난 친구들 사이에서 지나치게 들떠 있거나
급격히 가라앉길 반복했다. 예민한 시기였고 할아버지가
일을 그만둔 뒤로 일정한 수입이 끊겨 집안 형편이 가장
어려울 때였다. 열여덟의 나는 급식비를 내지 못해 칠판에
이름이 적혔고 다음 수업 때까지 준비해 오라는 문제집을 살
돈이 부족해 가슴을 졸였다. 열아홉, 대입을 앞두고 학부모
상담에 온다던 아버지는 결국 오지 못했고 그날 나는 학교
화장실에 숨어 울었다. 학교 안에서 소중한 사람들을 만나
행복한 일도 많았지만 예감하지 못한 순간에 내가 선택하지

않은 불행들이 자꾸만 나를 넘어뜨렸다. 억울하고 분했다.
아무도 나를 모르는 곳으로 가 새로운 삶을 시작하고 싶었다.

내겐 선택지가 많지 않았다. 등록금 걱정 없이 대학교를
다니려면 무조건 국립대를 가야 했다. 수능 성적이 기대보다
낮아 수도권에 있는 국립대학교는 지원이 어려웠다. 최대한
여기를 벗어나 무리 없이 대학교를 졸업할 수 있는 방법은 단
하나. 다른 지역에 있는 국립대학교에 장학생으로 입학해야
했다. '가'군에서는 선생님의 권유로 국립대 사범대로
상향 지원했다. 선생님께서 원서비까지 내 주시는 바람에
얼떨결에 원서를 넣었는데 몇 십 번대 예비 후보가 되었다.
'나'군에서는 부산에 있는 대학교에 지원했고, '다'군에서는
창원에 있는 대학교에 원서를 냈다. 창원은 처음 들어 보는
도시였는데, 그런 이유로 창원이 마음에 들었다. 결국 두 학교
중 창원에 있는 국립대학교에 장학생으로 합격했다. 다행히
입학 등록금을 면제받았다.

할머니 할아버지의 네 자식들은 모두 공부를 잘했다고 한다.
전부 할머니의 입을 통해 들은 이야기지만 자식들마다
꽤 구체적인 이야기가 뒤따랐다. 큰딸은 육영수 여사의
장학금을 받아 선생님들이 가마를 태워 집으로 데려왔다는
이야기, 주인집 아들과 같은 반이었던 하나뿐인 아들은
우등상을 놓친 적이 없었다는 이야기. 그뿐인가. 몸이 약한

둘째 딸은 위의 두 형제보단 못해도 곧잘 공부를 잘하는 데다 미술 솜씨가 좋았다는 이야기, 말괄량이 막내딸은 입학한 지 얼마 안 돼 '저능아'라는 소리를 들었지만 한 달을 바짝 공부하더니 우등상을 쓸어 왔다는 이야기까지.

그런데 네 명의 자식은 모두 공부와 상관없는 길로 빠졌다. 할머니는 가난이 너무 깊어서라고 했다. 자식들이 이길 수 있는 가난이 아니었다고.

할머니의 말대로 그들이 정말 공부를 잘했다면,
내 자식은 출세할지 모른다는 믿음이
도미노처럼 무너질 때마다
할머니는 어떤 마음이었을까.

어쨌든 그런 이유로 나는 우리 집 최초의 대학생, 최고 학력을 가진 자식이 되었다.

대학교에서 기숙사 생활을 하기로 했다. 고등학생 때도 평일에는 기숙사에서 학교를 다니고 주말에만 집으로 돌아오는 생활을 했지만, 대학교 기숙사에 들어가면서는 완전히 집에서 독립하는 기분이 들었다. 함께 부대끼며 살아온 한 시절이 끝나고 이제는 그들과 별개의 삶이 시작되는 느낌이라고 해야 할까. 고등학교 기숙사 생활을 할 때 할머니는 내가 집으로 돌아오는 토요일만 기다리곤

했는데, 이젠 한 달에 한 번 찾아오기 힘들지도 몰랐다. 자주 오지 못할 것이기 때문에 한 주의 짐이 아니라 넉넉히 한 학기의 짐을 미리 챙겨야 했다.

기숙사로 떠나기 전날, 할아버지는 시내로 나가 새 이불과 스탠드, 나이키 점퍼를 사 줬다. 점퍼는 내가 가진 유일한 메이커 옷이 되었다. 집으로 돌아와 여느 날처럼 바닥에 이불을 깔고 셋이 나란히 누워 잘 준비를 했다. 잠들기 전, 할머니는 내가 없는 방이 벌써 허전하다고 말했다. 내가 일러 주지 않으면 늘 드라마 시간을 놓치던 할머니는 앞으로도 계속 본방송을 놓치게 될 거였다. 사소하지만 그런 게 마음에 걸렸다. 쉽게 잠들지 못하고 새벽까지 잠을 설쳤다.

가능한 한 빨리 이곳을 떠나길 원했지만
정작 떠나게 되었을 땐
그들을 두고 간다는 느낌을 지울 수 없었다.
도망친다고 생각해서 두 사람에게 미안했다.

다음 날 보자기에 싼 이불과 짐들을 할아버지 차에 싣고 세 가족이 함께 창원으로 향했다. 청도와 밀양을 거쳐 두 시간 넘게 차를 타고 가야 하는 도시였다. '어서 오세요. 여기부터는 창원시입니다.' 지역 경계선을 지나 들어선 창원의 첫인상은 깔끔했다. 창원이 국내 첫 계획도시라는 설명을 들은 기억이 났다. 쭉 뻗은 도로를 따라 도착한 창원의 중심가엔 커다란 로터리가 있었다. 끊임없이 틈새를 비집고 들어오는 차들과 함께 로터리를 돌자 시청 건물과 3층짜리 대형마트, 백화점과 고층 상가 건물들이 차례로 보였다. 모두 경주엔 없는 것들이었다. 그제야 다른 도시에 왔다는 실감이 나 촌스럽게 가슴이 두근거렸다.

창밖을 보며 할머니가 물었다.

"창원도 큰 도시인가 보죠?"

할아버지는 목을 가다듬고 대답했다.

"그럼. 큰 도시지."

나는 뒷좌석에서 고개를 끄덕였다. 그 순간 이상하게 잘해 보고 싶다는 생각이 들었다.

학교 정문으로 들어가는 길엔 신입생을 환영하는 현수막이 걸려 있었다. "창. 원. 대. 학. 교." 할머니는 정문에 새겨진 학교 이름을 또박또박 따라 읽었다. 처음 본 대학교 건물은 생각보다 훨씬 크고 넓었다. 우리는 차에 탄 채로 캠퍼스 전체를 천천히 둘러보았다. "중앙에 있는 건물은 본관, 저곳이 내가 수업을 들을 인문관, 이건 뭐지? 아, 도서관인가 보네." 손가락으로 바깥을 가리키며 말을 꺼낼 때마다 할머니 할아버지가 동시에 "아~" 하고 중요한 사실을 깨달은 듯 고개를 끄덕였다. 한산한 캠퍼스에 드문드문 학생들이 지나갈 때마다 괜스레 긴장이 됐다.

기숙사는 캠퍼스의 왼쪽 끄트머리에 있었다. 기숙사 앞은 여러 도시에서 온 차량들과 짐을 옮기는 사람들로 북적였다. 우리도 차에서 내려 트렁크에 싣고 온 짐을 기숙사 2층 방으로 옮겼다. 두 사람이 함께 쓰는 방은 너무 좁아 금세 침대가 짐으로 가득 찼다. 룸메이트가 방에 있어 대충 짐을 정리할 새도 없이 할아버지를 따라 내려갔다. 해가 지기 전 집에 도착하려면 서둘러 출발을 하는 게 좋았다. 차 문을 열고 언제나처럼 "다녀오겠습니다" 인사했다. "그래. 문단속 잘하고, 밥 잘 챙겨 먹고. 그래, 그래." 조수석 차창 너머로 할머니가 손을 흔들었다. 나도 따라 손을 흔들며 익숙한 자동차 불빛이 천천히 멀어지는 모습을 바라보았다.

아무도 나를 모르는 곳에서 혼자였다. 쓸쓸하고 가슴이 두근거렸다.

그리고 4년 후,
나는 단과대학 수석으로 학교를 졸업했고
온 가족이 졸업식을 보러 왔다.
할아버지와 할머니는 처음으로 학사모를 써 봤고
할아버지는 학사모를 쓴 채로 나와 사진을 찍었다.
졸업식이 끝나고 다 함께 중국집에서 자장면을 먹을 때
처음 창원 시내 로터리를 함께 돌던 때가 생각났다.
이 정도면 잘 해냈다는 생각이 들었다.

17

할머니의 질투

부엌에서 물을 마시려는데, 어느새 따라 들어온 할머니가
낮은 목소리로 말했다.

　"요즘 네 할아버지 휴대전화로 어떤 여자가 자꾸 전화를
걸어온다."

　컵에 물을 따르다 말고 황당한 얼굴로 쳐다보는 내게
할머니는 덧붙였다.

　"그러니까, 네가 잘 지켜봐."

　그날 저녁 안방에서 함께 텔레비전을 보고 있는데
할아버지의 휴대전화가 울렸다. 슬쩍 휴대전화를 보니

이름이 저장되어 있지 않은 번호였다. 할머니는 또 그 여자 아니냐고 쏘아붙였고, 할아버지는 이미 몇 번 시달린 듯 할머니의 눈치를 보며 통화 버튼을 눌렀다. 그 옆에 앉은 나도 귀가 쫑긋 열렸다.

할아버지가 "여보세요" 말하자 수화기 너머로 하이톤의 여자 목소리가 들려왔다. 할머니의 말대로 젊은 여자 목소리였다. 무슨 말을 하는지 가만 들어 보았더니, 아니나 다를까. 한국말이 서툰 영락없는 보이스피싱이었다. 할머니가 날카롭게 외쳤다.

"여보, 다신 전화하지 말라고 해요!"

할머니를 이해시키려 내가 나섰다.

"아니…… 그냥 보이스피싱인 것 같은데……."

내 말이 끝나기도 전에 할아버지는 수화기에 대고 소리쳤다.

"다신 전화하지 마라, 미친년아!"

그 말을 끝으로 할아버지는 터프하게 전화를 끊었다. 속 시원한 할아버지 표정과 당황해서 웃음이 터진 나. 그 옆에서 동그란 앞니를 보이며 웃던 할머니의 환한 얼굴.

18

할아버지의 카메라

오래전 여름, 가족들과 가까운 바닷가에 놀러 간 기억이
난다. 아마도 예닐곱 무렵이었을 것이다. 나는 가족들 틈에서
빠져나와 방파제 사이로 파도가 첨벙 오르고 사라지는
모습을 내려다보고 있었다. 발을 헛디디면 방파제 사이로
빠지게 될지도 몰라, 쪼그려 앉은 발끝에 힘을 준 채로 오래
그곳을 바라보았다. 갯강구들이 줄지어 방파제 안으로
숨어들었다.

　그날 나는 우리 집의 유일한 카메라를 잃어버렸다. 떼를
써 굳이 내 목에 걸고 다녔던 무겁고 비싼 카메라였다. 방파제

어딘가에 두고선 뒤돌아 잊어버려 영영 찾을 수 없게 돼
버렸다. 그 후로 우리 집엔 오랫동안 카메라가 없었다.

대학교 4학년, 졸업을 한 학기 앞두고 지역 방송국의
막내 작가로 일하게 됐다. 처음 몇 개월은 일주일에 한 번
스튜디오 녹화에 필요한 소품을 챙기고, 주요 신문사의
뉴스 헤드라인을 정리하고, 자료 조사를 위해 동사무소와
관공서 등에 전화를 돌리는 일을 했다. 작가라는 이름은
달았지만 막내 스태프에 가까운 역할이었는데, 방송사
이름 덕분이었는지 할아버지는 내가 무척 큰사람이 됐다고
생각하는 듯했다.

방송국에 들어간 지 얼마 안 돼 할아버지는 취직 선물로
카메라를 사 주겠다고 말했다. 방송국에 들어갔으니 성능
좋은 카메라가 필요할 거란 이유였다. "할아버지, 저는
작가인데요?" 그럼에도 할아버지는 방송국은 카메라로
촬영을 하는 곳인데 너만 없어서 되겠냐고, 기죽지 말고
당당하게 쓰라고 말했다. 결국 전자제품 할인마트에서
베이지색 바디의 DSLR 카메라를 12개월 할부로 구입했다.

당시 나에겐 손바닥보다 조금 큰 소형 카메라가 있었다.
대학교 2학년 때였나. 할아버지가 선물해 준 카메라였다.
할아버지는 내가 무언가를 남기는 사람이 되기를 바랐을까.
돌아보면 내가 가졌던 카메라는 모두 할아버지에게 받은
것들이었다.

소형 카메라는 처음 1년만 부지런히 사용하고 이내 고향집 서랍 안쪽에서 빛을 보지 못하고 있었다. 그사이 휴대전화 카메라 성능이 좋아지면서 굳이 카메라를 꺼내 쓰는 일이 적어진 탓이었다. 할아버지가 그 카메라를 본인이 사용해도 되겠냐 묻지 않았다면, 보관을 빙자한 방치 신세가 됐을 것이다.

"할아버지, 카메라로 뭐 하시려고요?"

"뭐 하긴. 카메라로 사진 찍지."

'그러니까 무슨 사진을……' 사진을 찍는 할아버지 모습이 익숙치 않아서였다. 카메라를 챙기며 할아버지에게 기본적인 작동법을 알려드렸다. 카메라를 켜고 끄는 법, 사진을 촬영하고 확인하는 방법 등등. 필름이 아니라 메모리카드에 저장되는 거니까 마음껏 찍으셔도 된다고 이야기했던 것 같다.

잊고 지낸 카메라를 다시 확인한 것은 꽤 오랜 시간이 지나고 나서였다. 카메라는 할아버지의 서랍 속 작은 가죽 케이스 안에 들어 있었다. 반가운 마음에 카메라를 꺼내 전원 버튼을 눌렀다. 지잉 하는 소리와 함께 렌즈가 열리고 뷰파인더의 화면이 켜졌다. 화면 아래 코팅이 반쯤 벗겨진 재생 버튼을 눌렀다. 그 안엔 내가 모르는 할아버지의 시간이 차례차례 저장되어 있었다.

첫 사진은 각도가 엉뚱한 할아버지의 셀카였다. 어른들은

왜 항상 카메라를 아래에 두고 사진을 찍을까. 카메라를
내려다보는 할아버지의 표정이 심각해서 웃음이 났다.
다음은 거실과 안방, 마당 주변이 두서없이 찍혀 있었다.
흔들리고 구도가 맞지 않은 사진들이 지나고 생각지 못한
사진이 화면에 나타났다. 내 어린 동생들이 바다에서
뛰어노는 모습이 담긴 사진이었다. 언제 바다에 다녀온 거지?
아버지와 나 없이 할머니 할아버지와 동생들만 함께 있는
장면을 보기는 처음이었다. 두 장은 여름에, 두 장은 가을에
찍은 사진이었는데 계절이 바뀌는 동안 아이들은 조금 자란
듯 보였다. 그리고 해변에 앉은 할머니 사진도 있었다. 해가
뜨거웠는지 손수건을 머리에 얹은 할머니는 모래사장 위로
두 다리를 쭉 펴고 앉아 있었다. 편안해 보였다.

　　몇 장을 더 넘겨보았다. 이번엔 휠체어를 탄 할머니가
이름 모를 유적지 앞에 앉아 있었다. 집이 아닌 다른 곳에서
찍힌 할머니의 모습은 낯설었다.

할아버지 덕분에 할머니도
가끔 다른 배경을 가질 수 있었겠구나.

사진 속 할머니의 작은 몸을 보며 그곳의 시간에 조용히
감사 인사를 했다. 사진을 다 본 뒤에야 사진 밖에서
어정쩡한 자세로 카메라의 셔터를 눌렀을 할아버지의 모습이

그려졌다. 내 어릴 적 사진들도 할아버지가 한쪽 눈을 찡그린 얼굴로 남겨 주었을 것이다. 덕분에 지나간 시간 속의 내가 여전히 선명한 색감으로 남아 있다. 아마 내가 카메라를 잃어버리지 않았다면 더 많은 사진이 남아 있었을 것이다. 그런 생각을 하니 처음으로 방파제에 두고 온 카메라가 아까웠다.

　다시 처음부터 사진을 돌려 보았다. 내가 없는 사이 할아버지가 몰래 남겨 놓은 편지들 같기도 했다. 그리고 할아버지의 엉뚱한 셀카를 볼 땐 어김없이 웃음이 났다.

할아버지가 인화해 보관하고 있던 사진.
볼 때마다 할머니의 뒷모습을 찍는
할아버지 모습이 떠오른다.

19

나의 방들

스물셋. 대학교 졸업과 동시에 자취의 삶이 시작됐다.
4년간 생활했던 학교 기숙사와 달리 자취방은 보증금이
필요했고, 함께 살기로 한 친구와 어찌어찌 200만 원을
모았다. 그 친구와 내 형편을 고려해 낼 수 있는 월세는
20만 원대. 복층에 살고 싶다, 창이 넓었으면 좋겠다,
세탁기가 드럼세탁기였으면 좋겠다는 터무니없는 바람은
500만 원이 넘는 보증금과 비싼 월세 앞에서 번번이
무너졌다. 발품을 팔아 이곳저곳 보러 다녔지만 우리 형편엔
학교 앞을 벗어나기 어려웠다.

학교 근처의 방은 대부분 다세대주택에 월세방을 놓는 원룸 형태였다. 가장 환경이 좋은 1층 안채는 주인이 살고 있거나 전세방으로 쓰이고 있어서 우리는 주택의 측면이나 뒷면에 위치한 방들 중 최선을 선택해야 했다. 결국 우리가 결정한 방은 건물 뒤편으로 연결되는 긴 통로를 걸어가 가파른 계단을 오르고, 다시 건물을 반 바퀴 돌아 가장 안쪽에 있는 201호였다. 그때의 우리는 주거환경이 삶에 미치는 영향 같은 건 고려해 볼 틈이 없었다. 처음 자취방을 고르는 경험 부족 탓도 있었고, 보증금과 월세 금액에 따라 우리가 살 수 있는 환경이 아주 좁은 범위 안에서 정해져 있기도 했다.

결정을 몰아붙이는 주인과 얼떨결에 계약을 하고 며칠 뒤 우리는 그 방에 짐을 풀었다. 이부자리를 깔고 썰렁한 벽에 함께 찍은 사진 몇 장을 테이프로 붙이면서, 여기가 우리 방이구나 생각했다.

가스레인지와 이부자리와 욕실이 세 걸음 안에 다 들어오던 방. 친구와 둘이 누우면 옆집 남자의 네이트온 접속 소리가 또로롱 들리던 방. 앞집 생활이 훤히 보여 창문을 활짝 열어 두지 못하던 방. 2층 세입자들이 함께 쓰던 세탁기를 열면 옆집 남자의 옷가지가 잔뜩 엉켜 들어 있던 방. 얇은 벽을 사이에 두고 서로의 이름은 모르면서 서로의 생활은 충분히 들키며 살았던 방.

이사한 지 얼마 안 된 어느 날 그 방으로 할머니

할아버지가 찾아왔다. 고향집에서 두 시간 넘는 거리지만 두 사람은 내가 어디에서 어떻게 사는지 눈으로 봐야 안심이 된다고 했다. 할아버지는 양손에 김치와 쌀이 담긴 보따리를 들고 성큼성큼 계단을 올랐다.

"할아버지, 계단 올라서 우회전이요. 아니 그 방 말고 더 들어가서 가장 안쪽 방이요."

204호, 203호……. 비슷한 방을 지나칠 때마다 할아버지의 주춤하는 뒷모습이 보였다. 돌고 돌아 방에 도착한 할아버지는 조그맣게 한숨을 쉬었다. 그러고는 가장 먼저 수도를 틀어 보고 보일러를 확인하고 현관문에 걸쇠를 달았다.

할머니는 목발을 짚은 채로 가파른 계단을 겨우 올라왔다. 좁은 통로를 지나 어렵게 도착한 방을 할머니는 말없이 눈으로만 빙 둘러보았다. 할머니는 그 방에 오래 머물지 않고 할아버지를 따라 곧장 발길을 돌렸다. 계단을 내려갈 때는 목발을 짚기 어려워서 계단에 앉은 자세로 한 칸 한 칸 내려갔다. 할머니의 바지가 금세 더러워졌다. 할머니의 목발을 품에 안고 뒤따라 내려가면서 나는 무엇인지 잘못된 것만 같아 마음이 가라앉았다. 할머니의 작은 등에 대고 조만간 더 좋아질 거라고 말해야 할 것 같은 조급함이 들었다. 다음엔 계단이 없는 집을 구해야겠다고 생각했다.

두 번의 이사를 더해 정착한 지금의 방 역시 계단을

올라 빙 둘러 가야 하는 2층 방이다. 이 방으로 이사 왔을
때도 할아버지와 할머니는 내가 사는 방을 확인하기 위해
두 시간을 달려왔다. 이전보다 방음이 잘되고 볕도 잘 드는
방이었지만 할머니는 이전보다 좁고 가팔라진 계단을
오르지 못했다. 그래서 할아버지 혼자 집 안을 둘러보는 동안
할머니는 차 안에 남아 우리가 돌아올 때까지 기다려야 했다.

　　그들이 돌아간 밤. 단칸방에 누워 언젠가 나도 방이 아닌
괜찮은 집에 살 수 있을까 생각했다. 조만간 더 좋아질 거라고
내가 나를 안심시킨 뒤에야 겨우 마음이 편해졌다.

불을 켜지 않아도 낮에는 충분히 환한 집.
창문을 활짝 열어 바람을 들일 수 있는 집.
최소한 부엌과 방이 분리된 집.
집으로 들어가는 길이 미로 같지 않은 집.
적어도 할머니가 쉽게 다녀갈 수 있는 집.

언젠가 나도 그런 집에 살 수 있겠지.
더 늦기 전에, 언젠가는.

20

당신의 자리

열셋의 겨울. 2월에 있을 졸업식이 다가올수록 마음이
불편했다. 졸업식은 가족들과 함께 사진을 찍고 자장면을
먹는 날이라던데, 내 졸업식엔 와 줄 수 있는 사람이 마땅치
않았기 때문이다. 마침 할아버지는 타 지역으로 일을 하러
떠났고 집엔 외출이 쉽지 않은 할머니뿐이었다. 물론
할머니는 어떻게 해서라도 졸업식에 와 줄 테지만 혹여나
친구들의 가족 풍경과 나만 다를까 봐 심장이 빠르게 뛰었다.
그래서 할머니가 오지 않기를 바라면서 할머니가 정말
오지 않을까 봐 초조했다. 무엇보다, 그런 생각을 하게 돼서

할머니에게 미안했다.

　우리가 살던 집은 산속에 콕 박혀 있었기 때문에 우유 하나를 사더라도 차로 10분 이상 걸리는 면 소재지로 나가야 했다. 그곳에 내가 다니던 학교도, 마트도, 보건소도, 은행도 있었다. 택시도 거의 다니지 않았기 때문에 밖으로 나가려면 무조건 하루 세 번 마을에 정차하는 버스를 타야만 했다. 할머니와 나는 가끔 그 버스를 타고 함께 외출을 했다. 정류장 팻말도 없는 마을 입구에 서 있으면 깊은 산속을 돌아 나오는 버스가 우리 앞에 멈춰 섰다.

　할머니는 버스를 타기 위해서 많은 어려움을 감수해야 했다. 누군가는 성큼성큼 오르는 버스 계단도 목발을 짚는 할머니는 남들보다 더 많은 시간과 힘을 들여 올라야 했다. 버스 안엔 느긋하게 기다려 주는 이들도 있었지만 은근하게, 때론 노골적으로 불편함을 표내는 이들도 있었다. 길어야 몇 분도 안 되는 시간을 참지 못하는 사람들에게 할머니는 결국 미안한 얼굴을 해야 했다. 누군가에겐 평범한 일상이 누군가에겐 많은 것을 무릅쓴 용기임을 때때로 사람들은 알아주지 못했다. 그런 날엔 덜컹거리는 버스 안에서 나 또한 열이 오른 얼굴로 내내 덜컹거렸다. 물론 할머니의 마음은 나보다 더 큰 진폭으로 덜컹거렸을 것이다.

　할머니는 그 버스를 타고 졸업식에 왔다. 둘이 아닌 혼자서 타는 버스였으니 어쩌면 평소보다 더 많은 용기를 내서 버스에 올라탔을 것이다. 그날의 기억을 오래 잊고 살다 오랜만에 펼쳐 본 앨범 속에서 우리 둘의 사진을 발견했다. 꽃다발을 들고 웃고 있는 내 곁에 자신이 가진 옷 중 가장 비싼 외투를 입고 온 할머니가 웃으며 서 있었다.

그날 졸업식 풍경이 잘 기억나진 않지만 그때의 나는 할머니를 보고 기쁘기도 하고 슬프기도 했던 것 같다. 어쩌면 친구들의 자연스러운 웃음을 보고 부러워했을지도, 나와 비슷한 가족 풍경을 보고 안도했을지도 모른다. 만약 그때로 돌아갈 수 있다면 열세 살의 초조한 나에게 너그러운 얼굴로 이야기해 주고 싶다. 네가 더 자라면 알게 되겠지만, 사람들은 저마다 조금씩 다른 가족의 풍경을 가지고 산다고. 너 역시 조금 다를 뿐 고개 숙이지 않아도 된다고.

그리고 무엇보다,
많은 것을 무릅쓰고 온 한 사람이
항상 네 옆에 있었다는 걸 잊지 말라고.
그러니 졸업식이 끝나면
둘이서 자장면을 맛있게 먹으면 된다고.

초등학교 졸업식,
2001년

3

괜찮아질 수

없는
다음

21

성장통과 물파스

중학교에 들어간 지 얼마 되지 않은 무렵 한동안 무릎과
종아리 쪽이 근육통처럼 아팠다. 넘어지거나 다치지도
않았는데 밤이 되면 통증이 심해서 며칠 잠을 설쳤다. 지금
생각해 보면 뼈가 자라는 성장통을 앓았던 모양이다. 그때는
통증의 원인을 알 수도 없고 집엔 할머니와 나뿐이라 병원에
가는 일도 쉽지 않았다. 좀 있으면 낫겠지, 금방 괜찮아지겠지
생각하는 것이 최선이었다. 하지만 나와 달리 할머니는 못내
불안해했다. 하필 다리가 아프다니까 혹시나 자신처럼 될까
봐 겁이 났을까.

어느 밤은 잠을 자다가 다리에 차가운 감촉이 느껴져
깼다. 설핏 눈을 뜨니 내 곁에 앉은 할머니가 어둠 속에서 내
다리에 물파스를 발라 주고 있었다. 두 다리가 화끈거렸다.
잠에서 완전히 깨 버렸지만 그래야 할 것 같아 잠든 척을
했다. 할머니는 파스를 바른 다리를 두 손으로 오래
주물렀다.

"아프지 말아라. 아프면 안 된다……."
할머니 목소리가 자장가처럼 귓가에 내려앉았다.

할머니와 함께 찍은 사진 중
내가 가장 좋아하는 사진.

할머니가 좋아하는 내 사진,
1993년

22

할아버지의 농담

경기도 부천에 살던 사촌동생과 고향집에서 3년 정도 함께 산 적이 있다. 내가 열두 살, 동생이 여덟 살 때였다. 둘째 고모는 할머니 할아버지의 네 자식들 중 가장 몸이 약했지만, 가장 성실하고 생활력이 강한 사람이기도 했다. 고모는 휴대전화 이어폰을 납품하는 공장에서 하루 종일 서서 일했다. 점심 값도 아까워 도시락을 싸서 다녔지만 생활이 나아지기 위해선 더 많이 아껴야 함은 물론이고 더 많이 일을 해야만 했다. 결국 고모는 어린 아들을 할머니 할아버지에게 맡기고 야근과 주말 근무를 하기로 했다. 동생에게 더 나은 삶을 주고

싶어 어렵게 결정한 일이었지만 고모는 지금까지도 동생에게
그 일을 미안해한다.

　겨우 여덟 살이던 동생은 산동네 생활에 쉽게 적응하지
못했다. 무엇보다 항상 군것질거리가 부족해 울상이었다.
한번은 동생과 내가 산길을 배회하다 수풀 속에 핀 빨간
열매를 보았다. 우리는 그게 할머니가 자주 따 주던 산딸기인
줄 알고 한 주먹 따서 집으로 뛰어갔다. 그사이 신이 난
사촌동생은 열매 몇 개를 미리 먹었다.

　마침 거실엔 할아버지가 앉아 있었다. 우리는 자랑스레
주먹을 펼쳐 보이며 물었다.

　"할아버지, 이거 산딸기 맞아요?"

　"그것은 뱀딸기다."

　뱀딸기라니. 이름을 듣자마자 불길한 기운이 엄습했다.
집으로 뛰어오는 길에 "누나, 이상해. 산딸기 맛이 아니야!"
하던 동생의 말이 떠올랐다. 이어 할아버지는 말했다.

　"뱀딸기를 사람이 먹으면 죽는다."

　그 말을 들은 사촌동생은 으앙 울음을 터뜨렸다. 나는
곧 죽게 될 동생이 불쌍했지만 나는 먹지 않아 다행이라고
생각했다. 눈물을 뚝뚝 흘리며 서럽게 울던 동생과 속으로
안도하는 나, 그리고 껄껄 웃던 할아버지.

23

할머니의 컬러링북

할머니의 취미는 재봉틀이었다.

옷과 잡동사니를 모아 놓는 용도로 썼던 작은 방에
할머니의 오래된 재봉틀이 있었다. 페달을 밟으면 탈탈탈
하고 돌아가던, 식구 중 누구와도 공유하지 않는 할머니만의
물건. 늦은 오후 거실에 엎드려 그 방 쪽을 바라보면 돋보기를
코에 걸친 채 실을 꿰는 할머니 얼굴이 언뜻 보였다.
바늘구멍은 쌀알보다도 작아서 할머니는 자주 나를 그
방으로 불렀다. 나는 할머니가 알려 준 대로 실 끝에 침을
묻혀 바늘구멍에 끼워 넣었다. 그럼 할머니는 "아유, 이젠

다 늙었나 보네. 실 하나도 못 꿰고"라며 웃었다. 지금보다 20년이나 젊었던 그때의 할머니 얼굴을 생각하면 마음 한쪽이 바늘로 콕 찔리는 기분이 든다.

할머니는 재봉틀 앞에 앉아 많은 일을 했다. 남편에게 꼭 맞는 셔츠와 바지를 계절마다 만들어 입히고, 손녀의 청바지 밑단도 능숙하게 잘라 냈다. 가끔은 이웃집 부탁으로 옷 수선을 해 주고, 남는 시간엔 자투리 천으로 집에 필요한 것들을 만들었다. 가령 여러 크기의 커튼과 베개커버, 상을 덮는 조각보, 찌개 냄비를 올려놓는 받침대. 그래서 탈탈탈, 재봉틀 돌아가는 소리는 집 안에 무언가가 새롭게 생겨나는 소리였다. 재봉틀 옆으로 할머니가 쓰던 작은 서랍이 있었다. 아래 칸을 열면 색깔과 재료가 다른 천들이 차곡, 위 칸을 열면 실패와 통통한 단추 꾸러미가 아껴 둔 재산처럼 들어 있었다.

언젠가 할머니가 말했다. 너는 한번 책을 읽으면 몇 시간씩 방에서 나오질 않아 신기했다고. 나는 비슷한 기분을 그때의 할머니를 보며 느꼈던 것 같다.

작은 방 재봉틀 앞에 앉은 할머니는
이따금 다른 시간 속에 있는 듯했다.
내가 지켜본 할머니의 시간들 중
가장 컬러풀한 날들이었다.

할머니의 재봉틀이 멈춘 지도 꽤 오래되었다. 십수 년 전, 자신보다 조금 더 건강한 할아버지에게 주방 자리를 넘긴 할머니는 그와 비슷한 시기에 재봉틀 앞 자신의 자리도 함께 떠났다. 재봉틀 소리가 그리워 할머니에게 몇 번 말을 꺼내 보면 이젠 허리도 아프고 무엇을 만들 자신도 없어졌다고 한다. 하는 방법도 다 까먹어 버렸다고. 그 후 할머니는 오랫동안 자신의 삶에서 취미라고 할 만한 것을 가지지 않았다. 돌아보면 할머니는 늘 자신을 위해 시간을 쓰는 데 익숙한 사람이 아니었다. 그게 당신의 습관이 된 걸까 봐 마음이 아팠다.

종종 집에 들러 지켜보는 할머니의 하루는 잘 들리지 않는 텔레비전을 보고, 가끔 할아버지 집안일을 돕고, 자주 방에 누워 긴 잠을 자는 일로 채워진다. 그래서 비교적 활동적인 할아버지에 비해 할머니의 시간을 떠올리는 일은 나를 자주 불편하게 한다.

얼마 전 가까운 이에게 컬러링북을 추천받았다. "어르신들은 여러 가지 색깔을 보는 게 좋대. 색칠하는 거니까 손 움직이기도 좋고." 한 번도 그림 그리는 할머니를 상상해 보지 못했지만, 생각해 보니 그 모습도 꽤 어울렸다. 할머니는 손으로 하는 일은 무엇이든 잘했으니까. 무엇보다 여러 색깔을 칠할 수 있다는 점이 마음에 들었다. 그날 저녁, 회사 근처 서점으로 가 여러 종류의 컬러링북을 구경했다.

마침 할머니가 좋아하는 꽃을 색칠하는 컬러링북이 있었고 그 책과 함께 파란색 틴케이스 안에 든 색연필도 골랐다.

컬러링북을 챙겨 고향집을 찾은 날. 할머니가 괜한 돈을 썼다고 하면 어쩌나 걱정했는데, 예상보다 할머니는 컬러링북을 마음에 들어 했다.

"책에 색칠만 하면 되는 거야?"

내가 고개를 끄덕이자 할머니는 그제야 조심스레 책의 첫 장을 펼쳤다. 찬찬히 책의 목차와 색칠하는 방법들을 넘기자 왼쪽엔 색칠한 그림 예시가, 오른쪽엔 선으로 그려진 꽃 그림 페이지가 나왔다.

그날 할머니가 처음 색칠할 꽃은 팬지였다. 예시 페이지엔 노랑과 주황이 꽃잎마다 칠해져 있었다. 색깔을 고를 수 있도록 할머니 쪽으로 색연필을 내밀었다. 빨강, 초록, 노랑의 색연필 앞에서 할머니의 손가락이 망설였다. 그리고 오래지 않아, 노란색 색연필을 쥔 할머니의 손이 조금씩 움직였다. 노란색 다음엔 주황색을, 그 위에 빨간색을, 마지막엔 초록색을. 완성된 그림 아래에 할머니는 "팬지"라 쓰고 자신의 이름도 함께 적었다. 소파에 앉아 지켜보던 할아버지는 "아주 예쁘다!"며 칭찬을 아끼지 않았다.

다음 날 늦은 오후. 할머니는 거실의 텔레비전 앞에서 색칠을 하고 있었다. 방송에서 흘러나오는 트로트 소리에 맞춰 할머니가 색칠하는 꽃은 진달래였다. 조용히 옆으로 가

말없이 지켜보는 내게 할머니는 말했다.

"그런데 하루에 하나씩만 그려야겠어."

"왜? 하고 싶으면 하루에 두 장씩 하면 되지."

"그럼 네가 또 금방 새걸 사야 하잖아. 돈 들어서 안 돼."

성질 급한 나는 "아유, 걱정 마! 내가 또 사 올게."
하면 될 것을 "왜 그런 걱정을 해. 별로 비싸지도 않은데!"
하며 짜증을 내고 말았다. 난 항상 왜 그러는 걸까. 금세
후회하고선 걱정 말고 마음껏 하셔도 된다고 누그러진
목소리로 다시 말했다. 할머니는 그래도 두 장은 너무 많다고,
부지런히 한 장을 끝내곤 약속한 듯 서랍에 책과 색연필을
넣었다.

할머니가 주방에 있는 할아버지에게로 간 사이, 미안한
마음에 조용히 서랍을 열어 보았다. 약봉지, 전화번호부,
면봉, 그리고 색연필과 컬러링북. 몇 장 그리지도 않았는데
어느새 몇 개의 색연필 끝이 뭉툭해져 있었다. 그래도 이
서랍에 할머니 물건이 하나쯤은 있어서 다행이라고, 서랍을
닫으며 생각했다. 지금은 한 뼘보다 더 긴 색연필이 부지런히
닳아 엄지만큼 줄어들면 좋겠다. 그리고 그만큼 할머니의
시간에 여러 색깔이 스며들기를.

24

보내지 못한
문자 메시지

퇴근 시간이 훨씬 지난 시각. 휴대전화의 메시지 도착
알림이 울렸다. 하루 종일 연락을 주고받던 담당자일 거라
생각했는데 놀랍게도 발신자의 이름은 할아버지였다.
문자메시지는 단 세 글자. 내 이름이었다.

　생글 웃음이 났다. 재빠르게 메시지 창을 열어 답장을
보냈다.

　우와. 할아버지 이제 문자도 잘 보내시네요!

바로 답장이 올까 한동안 휴대전화를 바라보고 있었는데 30분이 지나도록 메시지는 오지 않았다. 아마 지금쯤 어두운 방 안에서 글자를 쓰고 고치느라 고군분투 중이시겠지. "참내. 손도 안 댔는데 와 이게 나오노" 답답해하시면서.

할아버지는 휴대전화 사용법을 자주 알고 싶어 하셨다. 한 달에 한 번 집에 들를 때면 그동안 밀린 궁금증들을 한꺼번에 물어보셨는데 대개 전화 거는 법, 전화번호를 저장하는 법, 사진을 찍는 법, 문자를 확인하는 법 들이었다. 처음엔 말로 설명드리고 다음엔 적어드려도 다음 달이 되면 또다시 처음인 듯 물어보셨다. 그래도 몇 년간 반복하다 보니 이젠 휴대전화의 기본적인 기능들은 제법 사용하실 수 있게 되었는데 단 하나, 문자메시지 보내는 법은 영 손에 익지 않는 모양이었다. 게다가 키패드는 할아버지 손에 비해 왜 그리 작고 좁은지. 'ㄱ'을 누르면 그 옆에 'ㄴ'이 되고 받침 글자를 한참 찾다 보면 그새 커서가 다음으로 넘어가 있었다.

"이거 자꾸 와 이라노."

휴대전화 화면에다 화내길 여러 번. 할아버지도 서서히 포기하는 눈치셨다. 그러던 지난해 가을. 고향집에서 잠을 자다 잠깐 깨었는데, 방 한쪽에서 휴대전화 화면에 골똘히 빠져 있는 할아버지의 옆모습이 보였다. 방 안이 워낙 어두워서 휴대전화의 불빛만 할아버지 손안에서 조그맣게 떠 있었다.

"할아버지. 안 주무시고 뭐하세요?"

할아버지는 그제야 기척을 알아채시곤 깼으면 잠깐 이리 와 보라 하셨다.

"문자메시지 말이다. 보내는 방법 좀 알려다오."

나는 할아버지 옆으로 가 쪼그려 앉았다.

"자. 처음부터 차근차근 해 볼게요. 여기 밑에 편지 모양 이게 메시지란 뜻이에요. 이걸 누르고요. 요기 전화번호부 모양을 선택해서 보낼 사람을 눌러요. 아니요. 너무 세게 누르시지 말고요. 네. 맞아요. 그리고 큰 네모창을 한번 눌러 보세요. 이 네모가 편지지라고 생각하고 보낼 내용을 적으시면 돼요. 그리고 요기 전송 버튼 누르시면 끝! 아시겠죠?"

눈으로, 손으로 부지런히 좇던 할아버지는 아, 이제 알겠다며 환하게 웃으셨다. 그전에도 이젠 알겠다 하셔 놓곤.

"할아버지, 문자는 계속해야 늘어요. 저한테도 자주 보내시고요."

할아버지는 알겠다고 고개를 끄덕끄덕하셨지만, 그 뒤로도 메시지를 보내는 일은 없었고 나는 금세 또 잊으셨구나 생각했다.

몇 달 뒤, 오랜만에 들른 집에서 우연히 할아버지의 휴대전화를 보게 되었다. 읽지 않은 문자메시지 58개. 메시지함을 열어 보니 스팸메시지가 한가득이었다. 하나하나

삭제하려고 보는데 수많은 광고 메시지 속에 낯익은 이름이
떠 있었다. 미처 발송되지 못한 채 임시 보관되어 있던
메시지. 수신자는 할아버지의 큰아들이자 나의 아버지였다.
조심스럽게 메시지함을 눌렀다. 뭉툭한 손끝으로 몇 번이고
고쳐 썼을 메시지는 단 여섯 글자.

아범아 고맙다

메시지를 보는 순간 코끝이 찡했다. 직접 얼굴을 마주할 땐
몇 마디 대화도 나누질 않으시더니. 이 말을 전하기 위해서
할아버지는 문자메시지를 배우고 싶으셨던 걸까. 메시지
목록으로 돌아와 유심히 살펴보니 몇 년간 얼굴을 못 보고
지낸 큰고모의 이름도 있었다. 아버지 것과 마찬가지로 임시
보관되어 있던 네 글자.

잘 지내니

어렵게 썼을 메시지를 할아버지는 왜 보내지 못하셨을까.
대신 메시지 전송 버튼을 누를까 하다 그대로 보관함에
두기로 했다. 그날 밤, 할아버지에게 문자메시지 보내는 법을
다시 한번 알려드렸다.
"할아버지, 전송, 이 버튼을 꼭 누르셔야 메시지가 가요!

아셨죠?"

그날 밤도 할아버지는 이제야 알겠다는 듯이 고개를
끄덕끄덕하셨다.

이후로 할아버지는 아주 가끔씩 문자메시지를 보내신다.
그럴 때면 어두운 방 안, 할아버지 손안에 켜져 있던 조그만
불빛과 그 빛을 바라보던 할아버지의 옆얼굴이 떠오른다.

결국 할아버지에게 보낸 메시지의 답장은 다음 날까지
도착하지 않았고 퇴근 후 나는 집으로 돌아와 할아버지에게
전화를 걸었다.

"할아버지. 어제 제 이름만 보내시고 왜 답장은 안
하셨어요?"

할아버지는 껄껄 웃으시더니 밤새 제사 준비하느라
답장한다는 걸 깜빡하셨단다.

"뭐라고 보내려고 하셨는데요?"

수화기 너머 할아버지는 늦은 답장을 보내듯 찬찬히
대답하셨다.

"너 잘 지내느냐고. 그게 묻고 싶었지."

저는 잘 지내고 있어요, 걱정 마세요, 라고 말한 뒤 전화를
끊은 밤. 다시 한번 내 이름만 덩그러니 적힌 할아버지의
메시지를 확인했다. 다행히 임시보관함이 아닌 내게로
도착한 세 글자. 불 꺼진 방 안의 할아버지처럼 내 손안의

휴대전화 불빛이 하얗게 밝았다. 아무래도 이 메시지는
오랫동안 지울 수 없을 것 같다.

25

감 이야기

할아버지와 감 따기

겨울의 초입. 두 뺨에 닿는 공기가 제법 차가워지면 동네 감나무엔 하나둘 붉은 등이 켜지듯 감이 익었다. 산동네의 감나무에는 본래 주인이 없지만 아랫집 한씨 아저씨 집 앞에서 자라면 한씨 아저씨 감나무, 우리 집 마당 가까이 자라면 운이 좋게 우리 집 감나무가 되었다. 감의 떫은맛이 싫어서 먹는 것은 좋아하지 않았지만 홍시를 따는 일은 늘 즐거웠다. 할아버지는 대나무 장대를 구해 끝을 조금 벌려

홍시를 따는 데 사용했다. 대개 잘 익은 홍시는 나무 높은
곳에 달려 있어서 할아버지는 장대를 최대한 높이 올려
눈대중으로 장대 끝에 감나무 가지를 끼웠다. 잘 들어갔다
싶으면 장대를 살살 돌려 가지를 꺾어야 하는데, 조금만
힘 조절을 못하면 장대를 땅에 내려놓기도 전에 홍시가
바닥으로 떨어져 버렸다. 할아버지가 세심하게 가지를 꺾어
장대를 땅 가까이 내리면, 구경하고 있던 내가 장대 끝 쪽으로
달려가 조심스레 가지를 빼냈다.

　　2인 1조로 홍시를 따다 보면 어느새 한 소쿠리 가득
홍시가 담겼다. 감나무는 매년 풍년이어서 우리가 필요한
만큼 홍시를 딴 뒤에도 넉넉하게 감들이 남았다. 할아버지는
그 감들을 까치밥이라고 불렀다. 겨우내 까치들이 먹을
밥으로 남겨두는 것이다. 하지만 대개의 감들은 겨울이
끝나도록 가지 끝에 매달려 있었다. 멀리서 보면 붉은 점을
찍어 둔 것 같았다.

할머니와 홍시

나와 달리 할머니는 홍시를 좋아했다. 잘 익은 홍시를 대접에
담아 숟가락으로 조금씩 떠먹었다. 하지만 할아버지가 없는
가을엔 홍시를 먹기 어려웠다. 감나무는 높았고, 나는 키가

작아 장대를 다루기 어려웠기 때문이다. 한번은 아버지가
홍시를 따기 위해 감나무에 올랐다가 가지가 부러져 땅에
떨어졌다. 감나무는 튼튼하지 못해서 함부로 올라타선 안
된다는 걸 그때 알았다.

가끔 할머니는 홍시 떨어진 것 있나 보고 와라 했다.
감나무 주변엔 간혹 터지지 않은 홍시들이 있었다. 떫을 때
떨어져 땅에서 익은 것들이다. 깨끗한 것으로 서너 개 주워
집으로 가져갔다. 그중 잘 익은 것은 바로 먹고 덜 익은 것은
거실 창가에 익게 놔두었다. 그럼 한동안 집 안에서 시큼하고
달콤한 홍시 익는 냄새가 났다.

26

두 사람의 결혼

할머니 이야기

그때 내 나이가 스물일곱이었지. 서울 구로동에서 국민학교
교사를 했었는데 하루는 우리 반 애가 다른 반 애를
때린 거야. 이유를 물었더니 옆 반 애가 너희 반 선생님
다리병신이라고 놀려서 때렸대. 그 말을 듣고 나니까 내가
아이들 상처 주면 안 되겠다 싶더라고. 그래서 학교를
그만뒀지. 서울은 방값이 비싸서 부천에 내려와서 과외를
시작했는데 학생들이 많았어. 매일 집이 북적북적. 그게 참

재밌더라고. 그런데 사정이 생겨서 과외를 못 하게 돼 버린 거야. 어쩔 수 없이 바느질 집에 다녔지. 그러니까 그때 내 나이가, 스물아홉.

하루는 옆집 살던 아줌마가 누구를 소개해 준다는 거야. 요 앞에 이발소가 하나 있는데 거기서 일하는 총각이 한 명 있다고. 나는 결혼을 안 하고 싶었어. 다리도 저는데 부모도 없으니 뭘 해 줄 사람이 없잖아. 그래서 나는 남자 필요 없어요, 혼자 살 거예요, 그랬지. 그런데 며칠 이따가 네 할아버지가 집 앞으로 찾아온 거야. 얼굴 보니 마음엔 들더라. 그래도 난 결혼 안 해요, 가세요 했지. 정말 가 버리더라고. 그러더니 며칠 뒤에 자기 아버지를 모시고 또 찾아왔어. 하는 수 없이 근처 다방에서 만나 이야기를 하는데 성이 뭐냐 묻더라고. 송가예요, 하니 어디 송씨냐 물어. 은진 송씨라 했더니 좋은 가문이라 자기네 집이랑 차이는 나지만 결혼해 보는 게 어떻냐고 하더라. 그날도 죄송해요, 하고 돌아왔는데 집 앞에 또 찾아와. 그래, 나도 결혼이란 걸 해 보자. 그래서 결혼을 했지.

결혼해 보니까 한심하더라. 시어머니는 매일 술을 끼고 살고, 술만 먹으면 자꾸 사람들을 때리니까 네 할아버지 형수들이 다 집을 나간 거야. 그러니 어떡해? 한 집안을 지켜야 한다는 책임감은 있지. 엄마 없는 애들을 데리고 다 같이 한 방에서 산 거야. 그 뒤로 네 할아버지는 외국 나가

1년에 한 번 들어오고. 시아버지 제사도 혼자서 지냈지.
애들은 넷이나 되지. 시어머니는 자기랑 애들 먹을 만큼만
쌀을 내주지. 내가 끼니를 자꾸 굶으니까 네 큰고모가 밥 몇
숟가락을 먹고선 그래. 엄마 나 배불러서 못 먹겠어. 그러곤
제가 대신 굶는 거야.

　　네 할아버지 평생 술로 고생시켰지. 죽을 고비를 몇 번
넘기면서도 술을 못 끊고. 사람 잘 믿어 아까운 줄 모르고 돈
잘 뀌 주고.

그래도 좋은 기억이 있으니 여태 살았지.
빗나가는 일을 하는 게 없었어.
나 같은 여자랑 살면서
다른 여자 안 보고 살았고.

지금도 아무것도 못 하는 나 도와주고 사는 거, 그런 게
고마운 거지.

　　그 생각이 나네. 결혼하고 첫째 임신했을 때였는데 신장에
이상이 와 버렸어. 병원에서 아이 엄마가 위험하다니까
네 할아버지가 어디서 약을 구해 왔는지, 그걸 다려서
숟가락으로 조금씩 떠먹이더라. 그러면서 말해.

　　"죽지 말고 살자, 죽지 말고 살자."

　　그때 나를 살려 줘서, 살아 줘서 고맙지. 그래도 다음에

태어나면 결혼은 안 하고 싶어. 애들 고생시킨 게 한이야.
다음번엔 내 자식으로 태어나지 않길 바라.

할아버지 이야기

열 몇 살 됐을 거야. 장날이었는데, 사주 보는 노인네한테
사주를 봐 달라 그랬어. 딱 두 말을 하더라고. 하나는 내
사주에 아들 둘이가 있다는 거야. 그런데 하나는 죽을 수도
있다고. 다른 얘기는 뱀이 내 몸을 감싸고 있다, 뭐 그런
소리였는데 그때는 뭔지를 몰랐다고.

   내가 군대 갔다 왔을 땐데, 나이가 서른은 됐지. 주변에서
자꾸 선을 보라 캐싸서 몇 군데를 봤어. 우리 집이 식구는
많고 재산은 없고. 선이 잘 안 됐다고. 그때는 우선 밥은
먹고살아야 되니까 머리 깎는 기술을 배웠단 말이야.
이발소에서 같이 일하는 친구가 하루는 너거 할머니를
소개를 해 줘. 이야기를 듣고 가 봤더니 그때 네 할머니가
목발은 안 짚어도 다리는 절었단 말이다. 그래도 참하고
예쁘더라고. 성을 물으니까네 송씨라 그래. 좌의정 지낸
송시열 씨 후손이니까 유전자가 안 좋겠나. 결혼이란 것은
유전자거든. 그래가 네 할머니를 택했다.

   그때는 집이 엄청 어려울 때였다. 낮에는 이발소 가가

일하고, 저녁 8시부터는 메리야스 공장엘 갔지. 옛날엔 메리야스를 실로 다 짜서 입었다고. 한 장에 얼마씩 하는 게 있었는데 한 장 떠 놓고 집에 오면 새벽 2시경 된다고. 고때 집에 와서 아침 6시에 이발소 일하러 가야 되거든. 그 시절엔 제일 문제가 먹고사는 거였단 말이다. 그 뒤로 또 배 타러 나가뿟지러. 너거 할머니가 고생을 많이 했지.

배 타러 나가면 1년에 한 번씩 휴가를 주거든. 휴가 나와 보니까 네 할머니가 아기를 가졌는데 낳을 달 거진 됐나 봐. 그애를 낳았으면 지금 생각하면 좋았을 건데. 그땐 우선 형편이 안 되니까 유산을 시켰는데 그게 아들이라. 사주쟁이 말이 맞았지. 네 할머니가 또 뱀띠거든. 사람 운명은 하늘이 정해 주는 거라.

보자. 내가 올해 여든. 네 할머니를 서른 살에 만났으니까 50년이 됐네. 많이 살았다. 그쟈?

힘든 시절에 부부로 만나
네 할머니가 버텨 준 거. 그게 고맙다.

이번 생은 자식들을 만났지만, 다음 생에 다시 인간으로 태어난다면 틀에 박혀 살고 싶진 않다. 멀리 떠나는 여행가. 여행가가 되고 싶다.

27

할머니와 냉이

할머니는 자주 깜빡 잊었다. 어떤 날엔 단순한 건망증처럼 보였지만, 어떤 날엔 자신이 무엇을 잊었는지도 잊어버렸다. 마치 처음부터 그런 일은 없었던 것처럼. 할아버지는 네 할머니가 치매가 오는 것 같다고 말했다. 농담 섞인 말인 줄 알면서도 마음이 내려앉았다.

어릴 적, 봄이 오면 할머니와 나는 밭에 쪼그려 앉아 냉이와 꽃다지, 쑥 같은 봄나물을 캤다. 그중 냉이는 생김새가 헷갈려 매번 할머니에게 물어봐야 했다. "할머니, 이게 냉이야? 냉이 맞아?" 할머니가 고개를 끄덕이면 그제야 엉성하게 캔 냉이를 소쿠리에 넣었다. 그런 날엔 쌉싸래한 냉이된장국이 저녁 밥상에 올랐다.

지난봄, 그 기억이 떠올라 할머니에게 전화를 걸어 "밭에 냉이가 좀 자랐어?" 하고 물어봤다. 그러자 할머니는 말했다.

"냉이가 뭐냐?"

다음 할 말이 생각나지 않았다. 원래는 봄이 오면 예전처럼 밭에서 냉이를 캐자고, 한 소쿠리 캐서 할아버지에게 냉이된장국을 끓여 달라 하자고 말하려고 했다. 그래, 어쩌면 할머니가 농담을 하는지도 몰랐다. 냉이가 뭐냐니, 모를 리가 없잖아.

"냉이 말이야, 냉이. 나 어릴 때 밭에서 같이 캐던 거."

내심 아닐 거라 생각했는데, 수화기 너머 할머니는 말없이 웃기만 했다. 정말 잊어버렸구나. 웃고 있는 할머니가 사실은 내게 미안해하는 것 같아서 나도 따라 웃었다.

"괜찮아. 기억 안 날 수도 있지."

아무렇지 않은 듯 전화를 끊고 한동안 그 자리에 서 있었다. 정말로 냉이 같은 건 몰라도 괜찮았다. 몰라도 충분히 살 수 있고, 함께한 기억은 내게 남아 있으니 지키면 된다. 하지만 다음엔 또 어떤 것이 할머니에게서 사라질까. 할머니는 어떤 것을 모르게 될까. 괜찮아질 수 없는 다음만 남아 나를 기다리고 있는 기분이 들었다.

할머니의 레시피 노트(위).
할아버지가 쉽게 찾을 수 있도록
할머니가 이름표를 붙여 둔
천연 조미료들(아래).

28

가죽나물과 김치국밥

가죽나물이란 것이 있다. 생김새는 두릅과 비슷하지만 그보다 붉은빛을 띠고 향이 강하다. 가죽나물을 처음 먹어 본 것은 산동네로 이사를 온 이후였다. 산속에 지은 집이다 보니 일부러 심지 않아도 밤나무, 대나무 같은 여러 나무들이 집 주변을 둘러싸고 있었다. 아니, 둘러싸고 있다기보단 우리 세 식구가 그들의 품으로 들어간 것이 맞을 것이다. 가죽나무도 그런 나무들 중 하나였다.

　봄부터 이른 여름까지 할머니는 가죽나무의 어린 순을 따다 고추장 장아찌로 만들었다. 처음 보는 음식이라 손도

대지 않다 기대 없이 먹은 한 젓가락이 의외로 입맛에 맞았다. 나중엔 입맛이 당겨 혼자서도 가죽나무의 잎을 한 움큼씩 따오곤 했는데 할머니는 그걸 바로 장아찌로 만들어 식탁에 올려 주었다. 그럼 밥 한 숟가락에 장아찌를 조금씩 올려 밥 한 그릇을 맛있게 먹었다.

초등학교 5학년 때였나. 학교에서 야영 기간에 각자 먹을 쌀과 반찬을 챙겨 오라고 했다. 마침 냉장고엔 새로 담은 가죽나물 장아찌가 있었고 할머니는 그것을 쌀과 함께 가방에 넣어 주었다.

야영이 끝날 때까지 나는 반찬통을 가방에서 꺼내지 못했다. 친구들이 가져온 소시지볶음과 동그랑땡, 계란말이 앞에서 이름도 생소한 가죽나물을 꺼내기가 그때는 왜 그렇게 망설여지던지. 집으로 돌아가는 길에 쉬어 버린 장아찌를 휴지통에 버리면서 마음이 무거웠다. 지금 생각해 보면 참 바보 같은 일이다.

스물여섯. 밀양의 한 시골마을로 다큐멘터리 촬영을 갔다가 인심 좋은 주민들에게 점심을 얻어먹게 되었다. 마을에서 난 것들로 푸짐하게 한 상이 차려졌고, 밥상 한가운데 가죽나물 장아찌가 놓였다. 잊고 살았던 음식이라 반가운 마음에 얼른 장아찌 한 젓가락을 집어 먹었다. 익숙한 향이 입안 가득 돌아 침이 고였다. 그제야 내가 오랫동안 이 맛을 그리워했음을 알았다.

몹시 추운 겨울날이었다. 집 근처에서 간단히 식사를 할 만한 곳을 찾고 있었는데 평소엔 눈에 잘 띄지 않던 반지하 건물에 허름한 식당이 보였다. 유리로 된 문에 김이 서려 있었다. 이끌리듯 식당 안으로 들어갔다. 문을 열자마자 따뜻한 기운이 언 뺨 위로 닿았다. 찬 손을 비비며 눈으로 메뉴판을 따라 읽는데 오랫동안 잊고 있던 음식 이름에 눈길이 멈췄다. 김치국밥 5천 원. 와. 이걸 식당에서도 파는구나. 반가운 마음에 곧바로 이모를 불렀다. 이모, 여기 김치국밥 하나 주세요!

할머니는 겨울이 되면 잘 우려낸 멸치육수에 김치와 밥을 넣어 밥알이 퍼질 때까지 오래 끓였다. 그것을 김치국밥이라 불렀고 가끔은 어묵이나 콩나물을 함께 넣어 푹 끓여 먹기도 했다. 김치국밥은 평소에도 자주 먹었지만 특히 감기 기운이 오를 때면 할머니가 통과의례처럼 해 주던 음식이었다. 뜨거운 방바닥에 앉아 김치국밥 한 그릇을 후후 불어 먹으면 금세 몸에 열이 올라 노곤해졌고, 그런 날은 10시 드라마가 시작하기도 전에 까무룩 잠이 들었다.

손님이 많지 않은 식당이라 오래지 않아 김치국밥 한 그릇이 내 앞에 놓였다. 눈으로 보면 참 특별할 것 없는 음식인데 냄새를 맡는 것만으로도 금세 허기가 졌다. 어릴 적 할머니와 마주 앉았을 때처럼 한 숟가락 가득 떠 후후 불어 입에 넣었다. 코끝이 저릿저릿. 추위에 잔뜩 움츠렸던 몸이 그제야 조금씩 녹았다.

그날 처음 가 봤지만 익숙한 음식을 먹었다는 이유만으로 그 식당이 오래된 단골 식당처럼 정이 갔다. 한 시절 당신과 함께 먹은 음식의 기억이 그리움으로 내게 남아 있기 때문일 것이다. 황정은 작가의 소설 《계속해보겠습니다》에는 이런 문장이 있다.

나나와 나는 소중하게 그것을 먹었다. 성장기였으므로 그 밥을 먹고 뼈가 자랐을 것이다. 뼈에도 나이테라는 것이 있다면 나기네 밥을 먹고 자란 시절의 테가 분명 있을 것이다.

내 몸 안에도
할머니의 밥을 먹고 새겨진
테가 있을 것이다.
그 테가 선명히 남아 있는 한,
사는 동안 계속 당신의 음식이 그리울 것이다.

할머니가 캔 나물들.
왼쪽 위부터 시계 방향으로
두릅, 가죽나물, 쑥, 머위 잎.

29

특기는 사랑

대학 졸업을 앞두고 뭐라도 해야 할 것 같은 마음에 한 방송국
공채 기간에 원서를 접수했다. 운이 좋게 서류심사에 붙었고,
그동안 막연하게 방송작가가 되어야지 생각했던 나는
얼떨결에 PD 전형 필기시험을 준비하게 되었다. 떨어질 게
분명했지만 경험 삼아 시험을 쳐 보는 것도 좋은 기회가 될
듯했다. 마침 방학 기간이라 고향집에 몇 주간 머무를 때였고
할머니 할아버지에겐 2주 후에 서울로 방송국 시험을 보러
간다고 말했다. 단지 시험을 치르는 것뿐인데 두 사람은 내가
이미 PD가 된 것처럼 들떠 보였다. 할아버지는 시험 과목은

무엇인지 물었고 나는 자세히 알아봐야겠지만 시사상식,
논술, 방송학일 거라고 대답했다.

그날 저녁 외출을 마치고 돌아온 할아버지는 어디서
구했는지 자동차 트렁크 가득 신문지를 챙겨 왔다. 몇 번을
옮겨 거실 한쪽에 쌓아 놓고 보니 족히 몇 백 장은 되어
보이는 분량이었다.

"할아버지, 이게 웬 신문지예요?"

"너 방송국 시험공부하려면 신문이 필요할 것 아니냐."

할아버지는 방송국 시험은 시사상식이 중요하니까 신문
공부가 필요하다고 생각했다고 한다. 그런데 집에는 신문이
없으니 아는 사람들에게 전화를 걸어 몇몇 집에서 조금씩
얻어 왔다고 했다. 할아버지의 목소리에는 자신이 무언가를
해 주었다는 뿌듯함이 묻어 있었다. 그래서 시사상식을
공부하는 문제집이 따로 있다는 말은 하지 못하고 집에 있는
동안 신문지를 펼쳐 줄을 긋는 시늉이라도 해야 했다. 그럼
할아버지도 신문을 펼쳐 본인도 함께 읽었다. 살면서 보수
성향 신문을 가장 열심히 읽은 해였다.

예상대로 그해 필기시험은 떨어졌고, 그 많던 신문지는
몇 번의 명절 동안 전을 담는 소쿠리에 까는 용도로 유용하게
쓰였다.

고등학교 3학년. 친구와 장난을 치다 실수로 휴대전화를

밟아 버렸다. 학교와 집이 멀어 3년 내내 기숙사 생활을 했던
나는 집으로 전화해 휴대전화가 고장 났으니 당분간 친구
휴대전화로 연락을 달라고 말했다. 그리고 다음 날, 2교시가
끝난 뒤 쉬는 시간이었다. 친구 녀석이 헐레벌떡 교실로 뛰어
들어왔다.

"달님, 너희 할아버지께서 널 찾으셔!"

뭐? 눈이 휘둥그레해진 나는 곧장 복도로 뛰어나갔다.
친구 말대로 정말 할아버지가 복도 끝에서 나를 기다리고
있었다. 다른 반 친구들이 할아버지를 힐끔 쳐다보며
지나갔다. 무슨 일인가 싶어 달려가 보니 할아버지 손에 새
휴대전화가 든 종이가방이 들려 있었다.

"친구들 다 있는데 너만 없으면 되겠냐."

할아버지가 전해 준 휴대전화는
최신 기종이었다.
보나마나 할부금은
앞집 축사의 소똥을 치워 주고,
막사를 고쳐 주고, 농사 지은 고춧가루를 팔아서
조금씩 갚아 나갈 터였다.

할아버지는 휴대전화만 전해 주곤 어서 교실로 가 보라며
손 인사를 했다. 학교에서 집까지는 한 시간 동안 차를 타고

돌아가야 하는 거리였다. 이내 수업 시간을 알리는 종이 울렸다. 소란스레 떠들던 아이들도 종소리와 함께 각자의 교실로 돌아갔다. 그리고 조금씩 멀어지던 할아버지의 뒷모습. 그날을 생각하면 여전히 종소리가 울리고, 그 복도에 서 있는 내 앞에서 할아버지가 발길을 돌리는 참인 것 같다.

30

그들의 올림픽

지난 설 연휴 동안 저녁이 되면 할머니 할아버지와 함께
올림픽 경기를 봤다. 우리 가족이 가장 좋아하는 경기는 단연
쇼트트랙. 그날은 최민정 선수의 1500미터 경기가 있었다.
예선 경기부터 시작해 결승에 올라 금메달 따는 순간까지
함께 보고 환호성을 질렀다. 신이 나서 내가 말했다.

"역시 쇼트트랙은 대한민국이다. 그렇죠?"

할아버지는 동계 스포츠 전문가처럼 뿌듯한 목소리로
답했다.

"우리나라는 원래부터 쇼트트랙을 잘했다."

경기가 끝나고 글을 쓰러 거실로 나왔다. 두 시간쯤
지났을까. 안방을 지나 화장실에 가려는데 문틈 사이로
텔레비전 소리와 두 사람의 말소리가 들려왔다. 문을 열어
봤다. 침대에 나란히 누운 두 사람은 최민정 선수 경기
하이라이트 방송을 보고 있었다. 아까 본 걸 또 보시네
생각했는데 가만 보니 두 사람은 최민정 선수의 경기가
다시 시작됐다고 생각하는 듯했다. 최민정 선수가 상황을
지켜보며 뒤에서 따라붙을 땐 마음 졸이다 아웃 코스로
역전을 할 땐 "간다, 간다" 속삭이다 결승선을 통과하자
"금메달이네!" 하고 좋아했다. 텔레비전 화면에 최민정 선수
금메달 소식이 자막으로 뜨자 할머니는 말했다.

  "우리나라가 또 금메달이네!"

  두 사람의 마음으로 본다면 우리나라는 평창올림픽에서
금메달을 50개는 땄을 것이다.

할머니는 나 어릴 때도 그랬다. 할머니와 나는 늘 보고 싶은
채널이 달랐다. 내가 가요 프로그램을 보려고 채널을 돌리다
보면 할머니가 좋아하는 일일드라마가 재방송 중일 때가
있었다.

  "드라마가 지금 하네?"

  "할머니 이거 재방송이거든?"

  "이게 왜 재방송이야. 내가 못 본 건데."

"어제 나랑 본 거잖아!"

그래도 할머니는 일단 놔둬 보라 했고 나는 빨리 채널을 돌리고 싶어 리모컨을 손에서 놓지 않았다. 그때는 알지 못했다. 할머니와 텔레비전을 두고 벌였던 사소한 실랑이가 마음 한편 그리움으로 남게 될 줄은.

4

알아,
네가　　내 편이었다는

걸

31

세 사람의 나들이

직장에 들어가 첫 월급을 타기 얼마 전이었다. 적은
금액이었지만 첫 월급이 주는 기대감에 들떠 할머니에게
전화를 걸어 물어보았다. 혹시 필요하거나 갖고 싶은 선물
없느냐고. 대답을 기다리는 동안 머릿속으로 내복, 목도리,
영양제 종류를 떠올렸다. 수화기 너머 할머니는 잠시 뜸을
들이더니 갖고 싶은 것은 없고, 하고 싶은 것이 하나 있다고
말했다. 평소 무엇을 갖고 싶다거나, 하고 싶다는 이야기를
좀처럼 하지 않는 할머니라 어떤 짐작도 쉽게 떠오르지
않았다.

"다른 건 없고, 어디 좋은 데 구경 한번 가 보고
싶은데……."

"구경?"

"그냥 가까운 데 아무 데나. 꽃이 있으면 더 좋고."

때는 10월이었고, 마침 멀지 않은 곳에서 꽤 큰 규모의
국화 축제가 열리고 있었다. 1억 송이 오색 국화가 꽃의
바다를 만들어 낸다는 홍보 현수막을 하루에도 몇 번씩
지나치면서 왜 한 번도 할머니를 떠올려 보지 못했을까.
할머니는 볕 잘 드는 마당에 채송화, 봉숭아, 이름 모를 여러
꽃들을 가꾸는 걸 좋아하는 사람인데. 생각해 보니 초등학교
졸업 이후로는 할머니 할아버지와 가까운 계곡에라도
놀러 간 기억이 없었다. 게다가 할머니는 다른 사람의 도움
없이 가벼운 외출도 어려운 사람 아니었던가. 매일 비슷한
자리에서, 비슷한 풍경으로, 비슷한 시간을 보내고 있을
할머니에겐 집이 아닌 다른 곳으로 힘주어 휠체어를 밀어 줄
누군가가 필요했을 터였다.

"할머니, 이번 주 일요일에 할아버지 차 타고 여기 놀러
와. 국화꽃이 1억 송이나 피어 있대."

그 주 일요일. 점심 즈음에나 온다던 두 사람은 오전 10시
조금 넘어 거의 다 도착했다며 전화를 걸어왔다. 전화를
받고서 잠에서 깬 나는 부리나케 씻고 나갈 준비를 했다.
평소에 자주 입는 후드티를 골랐다가 아끼는 파란 니트를

꺼내 입었다. 드라이도 신경 쓰고, 가방도, 신발도 가진 것
중 가장 좋은 것으로 골랐다. 막상 집 밖을 나서려니 머쓱한
기분이 들었지만 그날은 왠지 그래야 할 것 같았다.

그런 기분은 나만 느낀 게 아닌 듯했다. 차에 올라타 보니
할아버지는 형광 주황색 점퍼에 갈색 중절모를 쓰고 있었다.
할아버지에게 중절모는 중요한 외출이 있다는 의미였다.
옷과 모자가 조금 안 어울린다는 생각이 들었지만 보조석에
앉은 할머니 차림을 보고 이해하기로 했다. 고동색 점퍼를
입은 할머니는 커다란 리본 장식이 달린 보라색 모자를 쓰고
있었다.

"어서 와."

인사하는 할머니의 무릎 위엔 맥주회사 로고가 인쇄된
쿨러백이 놓여 있었다. 차 뒷좌석에서 각자 최선을 다해 꾸민
세 사람의 모습을 보고 있자니 어색하고 촌스러워 웃음이
났다. 돌이켜 생각해 보면 그날 우리는 최선을 다해 잘해 보고
싶었던 것 같다. 시간이 흐른 뒤 세 사람이 함께했던 어느
좋은 날로 기억될 수 있기를 바랐던 것 같다.

우리의 계획은 처음부터 삐걱거렸다. 지역에서 제법 큰
규모의 축제였지만 주차 시설조차 제대로 갖춰져 있지
않았다. 초행길이었던 할아버지는 주변을 몇 바퀴나
돌고서야 축제 행사장과 10분 떨어진 거리에 겨우 주차를

할 수 있었다. 우선 트렁크에서 휠체어를 내려 할머니가
안전하게 탈 수 있도록 도왔다. 휠체어에 앉은 할머니는
차 안에서 그랬듯 쿨러백을 소중한 듯 안았고, 할아버지는
휠체어를 미는 역할을, 나는 길치임에도 불구하고 길 안내
역할을 맡았다.

얼마 안 돼 두 번째 난관을 맞았다. 4차선 도로를
가로지르는 횡단보도를 건너던 중 중간쯤도 못 가 초록불이
깜빡거렸다. 할아버지는 거의 뛰다시피 휠체어를 밀었고
다행히 횡단보도 끝에 도착했다고 생각했을 때 보도블록에
부딪힌 휠체어가 앞으로 쏠리고 말았다. 중심을 잃은
휠체어가 그대로 고꾸라졌고, 할머니도 함께 인도 위로
쓰러졌다. 그사이 신호가 바뀌고 도로 위의 수많은
자동차들이 우리 옆을 스쳐 지나갔다.

할아버지와 나는 휠체어를 바로 세우고 할머니를 다시
태우기 위해 애를 썼다. 휠체어가 움직이지 않도록 내가
힘주어 고정시키는 동안 할아버지가 할머니를 뒤에서 안아
앉을 수 있게 도왔다. 평소엔 잘되던 것도 당황하니 잘
되지 않았다. 다리에 힘이 풀린 할머니의 몸이 몇 번이고
미끄러지길 반복했다. 들떠 있던 마음이 조용하게 가라앉던
즈음.

"아유, 이게 뭐야."
바닥에 주저앉은 할머니가 갑자기 웃음을 터뜨렸다.

처음엔 의아하던 나도, 지친 표정으로 옆에 서 있던 할아버지도 이내 할머니를 따라 웃었다. 이상하게도 그땐 웃음이 나왔다. 아무 일도 아니라는 듯이, 정말 괜찮다는 듯이.

우여곡절 끝에 축제 행사장에 도착했다. 행사장은 꽃보다 많아 보이는 사람들로 붐볐지만, 막상 둘러보니 이 많은 사람들이 왜 여기에 왔는지 의문이 드는 축제였다. 게다가 인도가 잘 정비되어 있지 않아 휠체어가 다니는 데 제약이 많았다. 울퉁불퉁한 바닥, 휠체어를 피해 지나가며 불편해하는 사람들 때문에 산 넘어 산을 연달아 넘는 기분이었다. 그럼에도 우리는 최대한 많은 구경을 하려고 했다. 야외 곳곳에 피어 있는 종류가 다양한 국화꽃들, 꽃으로 만든 모형, 뜬금없는 열대식물관과 내실 없는 지역특산품 판매장도 둘러보았다.

구경 중에 잠시 쉴 겸 사람들이 적은 곳을 찾아 움직였다. 행사를 준비 중인 어수선한 무대 근처에 빈 테이블이 여럿 있었다. 우리는 테이블에 둘러앉아 쿨러백에 담긴 삶은 계란과 미지근한 믹스커피를 나눠 먹었다. "난 또 가방 안에 대단한 게 들어 있는 줄 알았네" 하고 농담을 했더니 "애, 목 막혀. 커피도 마셔"라는 대답이 돌아왔다.

살면서 그런 시간을 통과할 때가 있다.
지금 이 순간을, 이 하루를,
깊이 그리워하게 될 거라는
예감이 깃드는 시간.

그날 우리는 사람들 틈에서 오색 국화를 배경으로 여러 장의
사진을 찍었다.
　　"자, 여기 보고 웃으세요. 찍습니다. 하나, 두울, 셋."
　　뷰파인더로 어색하게 브이를 그린 할아버지와 웃음이
터진 할머니 얼굴이 보였다. 놓칠까 봐 서둘러 셔터를
눌렀다. 벌써부터 그리움이 스며들어 왔다.

가을 꽃 축제에서,
2010년

32

무엇이 되기를
바랐을까

가끔 궁금했다.

할아버지는 내가 자라 무엇이 되길 바랐을까.

할아버지는 내가 엄마 배 속에 있을 무렵 하늘에 떠 있는 달을
보고 내 이름을 지었다고 했다. 우연히 올려다본 밤하늘의
달이 어찌나 밝은지, 그 달처럼 세상을 환하게 비추는 사람이
되기를 바랐다고 한다. 그렇게 할아버지는 세상으로 나를
불렀다. 그런 거창한 뜻을 가진 줄도 모르고 여느 아이들처럼
방긋 웃곤 하던 나는 비록 세상을 환하게 하진 못했지만, 내

얼굴을 자주 내려다봤을 한 사람의 얼굴쯤은 환하게 만들지 않았을까 생각해 본다.

내게 무엇이 되길 바라기보다는 무엇이든 되어도 좋다는 믿음을 주었던 할아버지와는 달리 할머니는 내가 대한민국 최초 여성 대통령이 되길 꿈꿨다. "네가 김씨 가문을 일으켜야 해." 송씨인 사람이 왜 김씨 가문을 걱정하는지 모르겠지만, 여덟 살은 부모의 꿈을 제 꿈인 줄 아는 나이라 나 역시 대통령이 되고 싶은 줄 알았다. 어릴 땐 숫기가 없어 친한 친구 한 명 없던 나는 오로지 대통령이 되기 위해 동네의 웅변학원을 다녔다. 대통령은 사람들 앞에서 말을 잘해야 한다는 이유였다. 학원에 가기 전엔 할머니가 젓가락으로 톡 깨서 주던 날계란으로 목을 가다듬었다. 에헴, 에헴. 웅변학원에선 가끔 작은 웅변대회를 열었는데 그때마다 나의 소원은 통일이 되었다가 어느 날은 갑작스레 북한을 타도해야 했다. 그래도 웅변 훈련 덕분인지 사람들 앞에서 이야기를 하는 게 좀 쉬워졌다. 그렇게 대통령의 꿈은 초등학교 중반까지 이어졌다.

초등학교 4학년, 우연히 도 단위 글짓기 대회에 나갔다가 큰 상을 받게 됐다. 어린이날 기념 자유 주제 글쓰기 대회였다. 수상 결과가 발표되던 날, 수업이 끝나고 운동장을 가로질러 걸어가던 나를 담임선생님이 멀리서 불러 세웠다. 얼떨떨한 표정으로 서 있는 내게 선생님은 말했다.

"너, 글을 잘 쓰는 애구나."

처음 들어보는 선생님의 칭찬이 듣기 좋아서, 대통령은 접어 두고 글 쓰는 사람이 되어야겠다고 마음먹었다.

그 후로 중학교를 졸업할 때까지 학교 대표로 크고 작은 글짓기 대회에 나가 상을 받았다. 사실 산동네로 이사 온 후로 줄곧 한 학년에 한 반뿐인 작은 학교에 다녔기 때문에 학교 대표로 뽑히는 게 어렵지 않았다. 내게 기회가 온 건 글쓰기에 전혀 관심 없던 아이들 덕분이었다. 대회가 있는 날엔 선생님 차를 타고 시내로 나가 대회장 근처에서 외식을 했다. 그땐 할머니와 선생님의 기대를 받는 게 좋아서 자꾸만 글을 쓰고 싶었다. 새로운 원고지와 마주하는 일이 설레고 즐거웠다.

하지만 한 학년에 200명이 넘는 고등학교에 진학하고, 그보다 더 큰 대학교에 다니는 동안 글 쓰는 일로 큰 주목을 받지 못했다. 용기 내 몇 번 참여한 공모전에서도 번번이 떨어졌다. 부끄럽지만 그런 이유로 의기소침해져 글 쓰는 일에 자신이 없어졌다. 세상엔 나보다 훨씬 잘 쓰는 사람들도 많았고 나만큼 쓰는 사람들은 더욱 많았다. 글 쓰는 일이 남들과 경쟁하는 일이 아닌 줄 알면서도 그런 생각에서 쉽게 벗어날 수 없었다. 점점 글을 쓰는 일이 어려워졌고, 결국엔 아무것도 쓰지 않게 됐다.

제대로 시작도 하지 않으면서
잘하지 못할까 봐 두려워하는 사람.
그게 나였다.

어쩌면 나는 미룰 수 있는 만큼 미뤄서 단지 글을 쓰고 싶은
사람으로 머물고 싶었는지 모른다.

지역 방송국 막내 작가로 직장생활을 시작했지만
작가라기보다 방송 일을 배울 겸 막내 스태프 역할에 더
가까운 일들을 했다. 방송국에 취직한 지 한 달쯤 되었을까.
할아버지는 방송국 로고와 내 이름이 새겨진 명함을
물끄러미 보며 말했다.
  "난 네가 글을 쓰게 될 줄 알았다."
  그 말을 들으니 마음이 이상했다. 나는 정말 글을 쓰는
사람이 된 걸까.
  방송국 막내 작가를 그만두고 들어간 두 번째 직장도
콘텐츠를 만드는 곳이어서 종종 작가라는 호칭을 들었다.
그럴 때마다 마음 한구석이 찔리고 불편했다. 사실 저는
작가가 아닙니다, 라고 해명해야 할 것 같았다. 그 후로
글 쓰는 일과 점점 멀어질수록 글로 먹고 살진 못해도 글
근처에서 사는 삶도 좋겠다고 생각했다. 도서관의 사서가
돼도 좋고, 작은 책방의 주인이 돼도 좋겠다고. 그러다

한동안은 내가 무엇이 되고 싶은지도 잊고 살았다. 하루하루 해내야 하는 일이 정해져 있었고, 일에는 언제나 빠듯한 마감 날짜가 있었다. 마감 일을 기준으로 남은 날들을 지우듯 보내고 나면 하루, 한 달, 1년의 시간이 순식간에 흘러갔다. 그렇게 어영부영 서른이 되었다.

　　난 네가 글을 쓰게 될 줄 알았다.

문득 할아버지의 말이 생각났다. 야근을 마치고 집으로 걸어가는 길이었다. 내가 좋아하는 시인의 말이 떠올랐다. 어떤 말은 죽지 않고 사람의 마음속에 살아남는다던. 내겐 할아버지의 그 말이 그랬나 보다. 항상 미뤄 둔 질문 같았던 글 쓰는 삶에 뒤늦게 대답을 하고 싶어졌다. 그 뒤로 퇴근 후 두세 시간씩 카페에 앉아 글을 쓰기 시작했다. 주말에도 쓰고, 자기 전에도 쓰고, 이동하는 기차 안에서도 틈틈이 썼다. 누가 주목해 주는 것도 아니고, 보여 줄 사람도 없었지만 글을 쓰는 일만으로도 하루를 견디는 위로가 됐다.

현실에선 내가 나를 잊어야 삶이 편했지만,
글을 쓰는 동안은 온전히 내 삶에 집중할 수 있었다.
글을 쓰는 시간은 충분히 괴로웠고,
확실하게 행복했다.

작가가 되기 위해선 먼저 한 줄의 글이라도 써야만 한다는 당연한 이야기도 비로소 와닿았다. 계속 쓰다 보면 조금씩, 꼭 나아진다는 희망도 쓰지 않았다면 몰랐을 것이다.

가끔 누가 시키지도 않은 일을 왜 힘들여 하는 걸까 생각할 때도 있다. 하지만 나는 알고 있다. 글을 쓰고 싶다는 의지가 나를 더욱 잘 살고 싶게 한다. 글을 써야 한다는 스스로에 대한 책임감이 오히려 나를 자유롭게 한다.

지금도 나는 글을 쓰고 있다. 가능하다면 앞으로도 글을 쓰는 삶을 살길 바란다. 카페에 앉아 며칠째 고쳐지지 않는 원고를 마주하며 생각한다. 언젠가 내 글이 누군가의 세상에 작은 빛을 켜 줄 수 있을까. 그럴 수 있다면 서른 해 전, 조용히 하늘을 올려다보던 할아버지의 바람은 이루어질지 모른다.

33

셋이서 먹는 밥상

고향집에 오면 아침 8시에 일어나도 늦잠이다. 방문을 열고
어슬렁 거실로 걸어 나오면 할머니 할아버지는 기다렸다는
듯 묻는다. "아침 먹어야지? 우린 기다리다 먼저 먹었어."
혼자서 간단히 먹으려고 "네. 알아서 먹을게요" 하고
냉장고를 뒤적이면 거실에서 다시 할머니의 목소리가
들려온다. "여보, 재 밥 먹나 봐요." 그럼 곧이어 할아버지는
"뭐랑 같이 먹을래?" 하며 부엌으로 오신다.

　　혼자 먹을 수 있는데, 라고 생각하지만 이미 할아버지는
냉동실에 아껴 둔 갈치를 꺼내 굽고, 할머니는 식탁 맞은편에

앉아 반찬통을 하나둘 연다. 그럼 어쩔 수 없이 자리에 앉아
내 몫의 밥을 기다려야 한다. 살이 통통한 갈치구이와 어느새
내 앞에 놓인 따끈한 밥 한 그릇. "잘 먹겠습니다" 하고 한술
뜨면 할머니 할아버지는 자리에 앉아 가만히 내 밥 먹는
모습을 바라본다. 어떻게 밥을 먹어야 하나 내심 부담스럽다.

이내 물음이 뒤따른다. 고기 반찬을 금방 입에 넣었어도
"너 왜 고기 안 먹니?" 조금만 밥 먹는 속도가 느려져도 "요즘
입맛이 없니?" 밥을 조금만 남겨도 "반찬이 맛이 없었니?"
그래서 집에서 밥을 먹을 땐 평소보다 한술 크게 떠야 하고,
이 반찬 저 반찬 바쁘게 먹어야 하고, 한 그릇을 남김없이
비워야 한다. 이럴 땐 밥을 먹는 일이 무척 대단한 일인 것만
같다. 밥 먹을 사람 하나 더 늘어난 게 이토록 반가울까.
그러고 보니 식탁의 의자가 세 식구로 가득 찬 게 보인다.

한때는 매일 세 끼를 함께 먹던 식탁이었는데,
내가 없는 식탁에도
내 자리는 그대로 비워져 있었구나.

평소보다 양이 많은 한 그릇을 겨우 다 비웠는데 할아버지는
"한 그릇 더 줄까?" 묻는다. "아니요"라고 말해야 하지만
밥그릇을 쥔 할아버지의 손이 영 마음에 쓰인다.

"네. 조금만 더 주세요, 할아버지."

다시 내 앞에 놓인 수북한 밥 한 그릇을 본다. 식구란 끼니를 함께하는 사람들이라는데, 우리가 함께 먹을 수 있는 식사는 얼마나 남았을지 헤아려 본다. 하지만 도무지 헤아릴 수가 없다. 다만 밥 한 숟가락을 입에 넣으며 속으로 조용히 되뇌어 볼 뿐이다. 다음엔 꼭 일찍 일어나서 같이 한 끼를 먹어야지. 셋이서, 열심히, 맛있게 먹어야지.

34

아버지와
아버지의 아버지

아버지는 할아버지의 네 자식들 중 가장 속을 많이 썩인
자식이었다. 서른 해 전 어린 부모 사이에서 태어난 내가
할머니 할아버지 품에 맡겨진 사연을 봐도 그러했고,
"네 아빠 젊을 때 여기저기 사고 치고, 할아버지 속을 좀
썩였어?"라는 말로 시작되던 고모들의 이야기를 이어 붙여
봐도 그러했다. 할아버지는 네 손가락 중 아버지를 가장 아픈
손가락으로 생각했다. 기꺼이 나를 맡아 제 자식처럼 키운
것을 보더라도 그렇고 내가 할아버지와 아버지의 얼굴을
번갈아 바라보며 자라온 시간을 돌아보더라도 그렇다.

할아버지는 다른 자식들보다 아버지의 얼굴을 오래
쳐다보았다. 나이가 들수록 자신처럼 듬성해지는 아버지의
윗머리를, 두 볼이 홀쭉해져 도드라지는 두 광대를 물끄러미
바라보았다. 한 달에 한 번 집에 들르던 아버지의 안색을
마음에 두었다가 돌아가는 아버지 손에 간에 좋은 것들을
안기고, 집을 떠나는 아버지 차가 보이지 않을 때까지 마당에
서서 오래 배웅했다.

아버지도 알고 있을 것이다. 자신이 할아버지에게
어떤 자식인지, 자식으로서 부모에게 어떤 상처를 주며
살아왔는지. 두 사람이 서먹한 이유도 그 때문일 것이다.
우리는 미안한 사람 앞에서 때로 숨고 싶어지니까. 미안하단
이유로 오히려 화를 내던 어리석은 아버지는 늙은 부모의
기력이 눈에 띄게 약해지면서 함께 기가 죽었다. 뒤늦게 철든
아버지는 이제 와 다정한 자식은 못 돼도 이전보다 부모에게
잘하는 자식이 되고 싶어 했고, 용서를 바라는 얼굴로 찾아와
주변을 서성이며 쭈뼛거렸다. 그래도 할아버지는 아버지가
"저 왔어요" 하고 집에 자주 오는 게, 다 먹지도 못할 음식을
매번 미련하게 사 오는 게, 슬그머니 다가와서 말없이
텔레비전을 같이 보는 게 안쓰럽지만 좋은 모양이다.

몇 해 전, 할아버지는 간암 수술을 받았다. 초기에
발견했지만 위암 수술을 했던 자리와 가까운 부위라 수술
전부터 걱정이 많았다. 세 시간이 넘는 수술이 끝난 뒤,

할아버지는 의식이 빠르게 돌아오지 않아 집중 치료를 받기 위해 중환자실로 옮겨져야 했다. 중환자실의 면회는 아침과 저녁, 하루에 두 번으로 제한되어 있었기 때문에 할머니와 가족들은 보호자 대기실에서 저녁 면회 시간을 기다려야 했다. 중환자실의 시간이 어떻게 흐르는지 알 수 없었으므로 보호자 대기실의 시간은 지루하면서도 초조하게 흘렀다.

병원의 분위기를 가장 못 견뎌한 것은 어린 남동생이었다. 밖으로 나가 놀자며 자꾸만 손을 이끄는 동생을 데리고 지하의 편의점에 다녀오는 길이었다. 장난감을 손에 들고 대기실로 뛰어가는 동생을 따라 걷다 무심코 중환자실 쪽을 바라봤다. 어둑한 복도 저편, 굳게 닫힌 중환자실 문 앞에 우두커니 서 있는 한 사람이 보였다. 짧게 깎은 머리에 곤색 점퍼를 입은 중년의 남자는 내 아버지였다. 면회 시간이 다가올 때까지 아버지는 오랫동안 그 자리에 서 있었다. 문 앞에는 아버지와 비슷한 사람들이 자리를 떠나지 못하고 서성이고 있었다. 고개를 숙인 채 바닥만 바라보는 사람, 벽에 기대 입을 굳게 다물고 있는 사람, 눈을 꼭 감고 문 안쪽을 향해 두 손을 모은 사람. 문밖에 남은 사람들은 저마다 다른 자세로 같은 기도를 하는 것처럼 보였다.

면회 시간이 되자 흩어져 있던 사람들이 중환자실 앞으로 모여들었다. 병원 규정상 면회 시간은 30분, 한 번에 입실 가능한 보호자는 두 명이라는 간호사의 안내를 들었다. 아버지는 자신이 들어가는 대신 나를 할머니와 함께 들여보냈다. 지금껏 기다린 것을 아는데 왜 본인은 들어가지 않을까. 주춤거리다 아버지가 얼른 들어가라 손짓하는 바람에 결국 할머니와 내가 중환자실로 들어갔다.

　병실에는 할아버지를 포함해 열 명 안팎의 환자들이 누워 있었다. 고요한 병실 안엔 환자의 몸에 연결된 의료 장치의 알림음만 주기적으로 소리를 내고 있었다. 산소호흡기에 의지해 긴 잠을 자는 듯 보였던 할아버지는 기척을 느꼈는지 눈을 떠 내 얼굴을 살폈다. '왔니?'라고 묻는 것 같아 고개를 끄덕이는데 금세 목 안쪽이 뜨거워졌다. 나와 가장 가까운 이의 고통을 그저 바라봐야 한다는 사실, 내가 할 수 있는 일은 아무것도 없다는 무력감이 마음을 아프게 파고들었다. 아마 아버지는 그러한 이유로 문밖에 남아 있었던 것이 아닐까.

　면회 시간이 끝나고 간이의자에서 기다리는 아버지의 얼굴을 봤다. 언제나 친구들의 아버지보다 젊었고 가끔은 친구들로부터 삼촌으로 의심받던 아버지의 얼굴도 많이 늙어 있었다. 내 아버지도 늙는구나. 당연한 사실이 순간 생경하게 느껴졌다. 언젠가 아버지는 전화를 걸어와 이렇게 말했다.

　"너희 할아버지, 언제 그렇게 늙어 버렸냐."

　술에 취한 아버지는 우는 듯했다. 중환자실 앞에서 나는 할아버지를 닮아 듬성해진 아버지의 윗머리와 두

볼의 홀쭉함 때문에 더욱 도드라진 두 광대를 바라보았다. 아비지는 어느 순간 깨달았을 것이다. 부모에게 상처를 주었던 시간 이전으로 돌아갈 수도 없고, 자신이 용서를 구하기 전 이미 부모로부터 용서를 받았다는 사실을.

내가 내 늙은 부모의 시간에 가슴 졸이는 것처럼, 아버지도 겁을 내고 있다는 것을 안다. 그래서 가끔 그가 가엾다. 우리는 부모 자식 간이면서 또 동시에 그들의 자식들이니까.

아버지가 자신과 닮은
내 얼굴을 바라본다.
먼 훗날 아버지도 나도
많이 슬퍼하지 않았으면 좋겠다.

35

코카콜라 파라솔

늦은 밤 시작된 비가 아침까지 이어졌다. 현관문을 열어 보니
짐작보다 많은 비가 내리고 있었다. 출근할 채비를 마치고
신발장 옆에 세워 두었던 장우산을 꺼내 들었다.
3단 우산이 휴대하기 편할지는 몰라도 우산은 역시 크고
튼튼한 장우산이 좋다. 하늘을 향해 우산살을 팽팽하게 밀어
올렸다. 넓게 펼쳐진 우산 위로 후두둑 빗방울이 떨어졌다.

우리 집 마당엔 오래된 파라솔이 있었다. 원형 테이블과
한 세트였던 빨간색 파라솔엔 코카콜라 로고가 인쇄되어

있었다. 산동네로 이사 오기 전 운영하던 작은 슈퍼를
정리하며 그 뒷마당에 있던 파라솔을 함께 들고 온 것이었다.
늦은 오후 슈퍼 뒷마당에선 할아버지와 함께 일을 마치고
돌아온 아저씨들이 몇 시간이고 파라솔 테이블에 앉아
술을 마시고 노래를 불렀다. 어린아이였던 내가 어느 날
아저씨들을 따라 젓가락으로 박자를 맞췄다가 할머니에게
혼이 났던 기억이 난다.

　할머니는 정든 슈퍼를 정리하며 비누와 샴푸, 세제,
라면과 같은 생필품을 위주로 이삿짐을 꾸렸는데 그중
생활과 가장 동떨어진 짐이 바로 파라솔이었다.

　파라솔은 산동네 고향집 마당에 자리를 잡았다. 파라솔의
폴대를 끝까지 밀어 올리면 접힌 날개 같았던 파라솔
그늘막이 머리 위로 활짝 펼쳐졌다. 나는 그 파라솔에서
시간을 보내는 게 좋았다. 파라솔은 여름엔 시원한 그늘이
되어 주고, 빗속에선 커다란 우산이 되어 주었다. 파라솔 밖은
비가 쏟아져 내리는데 그 안에서는 비를 맞지 않고 후두둑
떨어지는 빗소리를 듣는 게 좋았다.

　우리 셋은 파라솔 아래에서 가끔 밥을 먹었다. 집에서
늘 먹던 반찬을 바깥으로 들고 와 먹는 식이었는데, 어쨌든
집 밖에서 먹으니 외식인 셈이었다. 그런 날엔 뭐랄까.
텔레비전에서 보는 특별한 가족이 되는 기분이 들었다.
평범한 척하지만 사실은 특별하게 화목한 가족. 다른 집엔

코카콜라 파라솔이 없을 테니까.

관리를 잘 못해 줘서인지 얼마 못 가 빨간색 파라솔은 김 빠진 콜라처럼 엉성해졌다. 태풍을 맞은 이후 고장 난 폴대도 자주 삐걱거렸다. 그 후로도 얼마간 파라솔 테이블은 제자리를 지키며 감과 밤 껍데기를 말리는 용도로 쓰였지만 할머니 표현대로 "뭐든 갖다 버리기 좋아하는" 할아버지는 파라솔을 버렸다.

파라솔이 사라진 이후 오랫동안 파라솔을 생각할 일이 없었다. 마당의 빈자리를 보며 잠시 서운함을 느끼긴 했지만, 두고두고 그리워할 만큼 커다란 추억은 아니었으니까. 그런데 비 내리는 어느 날 장우산을 펼치다 파라솔을 펼칠 때의 감각이 떠올랐다. 20년 만이었다. 사라지지 않고 내 안에 남아 있었구나. 그날 이후 장우산을 펼칠 때면 파라솔의 시간도 같이 펼쳐지는 듯했다.

아끼는 장우산을 들고 빗속을 걸어간다. 회사까지는 걸어서 40분. 후두둑, 머리 위로 떨어지는 빗방울 소리가 명랑하다.

파라솔 그늘 아래
할머니 할아버지와 친척들

36

함께 바보가
되어 가는 것

지난 추석. 전을 부치다 말고 할아버지가 물었다.

"이번 추석엔 왜 달집을 안 태우는고?"

옆에서 가만히 나물을 다듬던 할머니가 답했다.

"여보, 달집은 추석이 아니라 정월대보름이지."

할머니는 우스워 죽겠다는 듯 웃고, 할아버지는 머쓱한 듯 말이 없었다.

"나이 들어 나만 바보가 된 줄 알았는데
당신도 바보가 다 돼 버렸네."

그 말에 할아버지도 할머니를 따라 웃었다. 함께 바보가
되었다는 사실이 서로에게 위안이 되는 모양이었다.

이해하는 연습

나이가 들었어도 여전히 할머니 할아버지가 부딪치는 걸
보면 마음이 편치 않다. 사실 두 사람은 지금까지 어떻게
살았을까 싶을 정도로 맞는 구석이 별로 없다. 10원 하나도
아껴 쓰는 할머니와 꼭 필요하지 않은 물건도 할부로 척척
사는 할아버지. 혼자 집에 있는 걸 무서워하는 할머니와
혼자 바깥 활동하는 걸 좋아하는 할아버지. 고기도
해물도 잘 안 먹는 할머니와 무엇이든 잘 먹는 할아버지.
술이라면 질색하는 할머니와 누구보다 술을 좋아하던
할아버지. 그러다 보니 두 사람이 지금보다 젊었을 땐

당장 갈라서기라도 할 듯 언성을 높이며 싸우는 날들도
더러 있었다. 지금에 와선 싸움의 빈도와 세기도 약해졌고,
부딪치는 양상 또한 조금 달라졌다.

앉아서 생활하는 할머니 대신 대부분의 집안일을 맡아서
하는 할아버지는 일을 할 때 자신이 정해 놓은 룰과 차례가
머릿속에 있다. 워낙 깔끔해서 설거지 하나도 좀처럼 다른
가족에게 맡기지 않는다. 반면 할머니는 할아버지 곁을
떠나지 않고 무엇이든 도와주고 참견하고 싶어 한다. 그래서
둘 사이엔 암묵적으로 정해진 분업이 있다. 예를 들면
이렇다. 평소 식사 준비를 할 때 밥을 안치고 국을 끓이고
반찬을 만드는 일은 할아버지 몫이다. 할머니는 상을 닦고,
냉장고에서 꺼낸 반찬 뚜껑을 열고, 컵에 물을 따라 놓는
역할을 맡는다. 밥을 먹고 난 뒤에 할아버지가 설거지를
하면 할머니는 반찬통을 냉장고에 잘 넣을 수 있도록 식탁
한쪽으로 모아 두고, 할아버지의 약을 종류별로 챙긴다.

평소엔 나름 호흡이 잘 맞지만 가끔씩 사소한 일로 삐걱대는
때가 있다. 지난 명절 연휴에 저녁 식사를 끝내고 할아버지는
각각 다른 통에 담긴 나물을 큰 반찬통에 모아 담고 싶어
했다. 할아버지는 싱크대 위아래 수납장을 열어 마땅한
통이 있는지 찾았고, 할머니는 평소처럼 반찬통 뚜껑을
하나하나 닫고 있었다. 할머니는 할아버지가 반찬통 뚜껑을

찾는다고 생각해 "여보, 뚜껑 다 닫았는데 뭘 찾아요?"
물었고, 할아버지는 통을 찾는 데 집중하느라 대답 없이
다른 수납장을 열어 찾고 있었다. "여보, 뚜껑 다 닫았어요.
냉장고에 넣을까요?" 할머니는 두어 번 더 할아버지에게
물었고 할아버지는 결국 홱 짜증을 내고 말았다. "좀 가만
있어 봐!" 할아버지의 큰 소리에 "어휴. 왜 짜증을 내?"
할머니는 눈을 흘기며 "성질 머리 하고는!" 소리쳤다.
할아버지는 입을 다물었다. 순식간에 부엌 분위기가
냉랭해졌다.

　　연휴 첫날에 차례 음식 준비할 때도 둘은 비슷한 이유로
부딪쳤다. 할머니는 할아버지를 도와 전을 부치려 했다.
할머니가 전을 부치기 위해선 여러 도움이 필요하다.
할머니의 손이 닿는 가까운 자리에 재료와 도구를
가져다주고 필요할 땐 물을 떠다 주거나 그 밖에 잔심부름을
더 해야 한다. 할머니는 빠르게 전을 부치기 위해 다른 음식을
준비하는 할아버지를 채근했고, 할아버지는 "내가 할 테니
방에 들어가 쉬고 있어!" 하고 할머니에게 무안을 줬다.
처음엔 할머니가 할아버지를 좀 봐뒀으면 싶었고, 다음엔
할아버지가 할머니를 좀 더 이해해 줬으면 싶었다. 그게
해결책이 아님을 알면서도 어느 쪽이든 한쪽이 좀 참아 주면
좋겠다고 생각했다. 나도 가 버리면 이 집엔 또 두 사람만
남을 텐데 서로 언성을 높일 둘의 모습을 떠올리면 마음이

무거웠다. 내 마음 편하고 싶어 두 사람이 부딪치지 않길
바랐다.

명절 연휴 동안 두 사람은 왜 그럴까 지켜보면서, 그들의
충돌이 조금씩 이해가 됐다. 할아버지는 혼자 집안일을 하는
데 지쳐 있다. 세 끼 차리고, 빨래하고, 청소하는 동안 대부분
서서 일하다 보니 고관절 수술한 데가 빨리 낫질 않는다.
아프니 더 예민해진다. 자신의 몸도 성치 않은데 할머니를
보살펴야 하는 부담도 할아버지 몫이다. 할아버지는 자신이
정해 놓은 순서와 방법으로 빠르게 일을 처리하고 마음 편히
쉬고 싶어 한다. 그래서 할머니의 도움이 가끔은 성가시게
느껴지는 듯했다.

　반면에 할머니는 아주 작은 일이라도 도움을 주고 싶어
한다. 자신 대신 모든 일을 맡아 하는 할아버지의 짐을 덜어
주고 싶고, 집 안에서 작은 몫이라도 스스로 해내고 싶어
한다. 할머니 입장에선 간섭이 아니라 책임이고 지원이다.

　하루는 둘을 회유하기 위해 한 사람씩 따로 찾아갔다.
부엌에서 국을 끓이는 할아버지 곁으로 가 "할머니에게도
할머니가 할 수 있는 일이 필요하지 않을까요? 할아버지가
조금 더 이해해 주세요" 말하고 안방에 있는 할머니를 찾아가
"때로 할아버지를 그냥 두는 게 할아버지를 도와주는 거
같아요"라며 눈치를 살폈다. 나름의 중재를 해 봤지만 둘은

'네가 뭘 알겠니'란 표정으로 나를 보며 웃을 뿐이었다.

　비슷한 상황을 몇 번 더 겪고 나서는 내게도 노하우가
생겼다. 할머니가 할아버지를 채근할 것 같으면 내가 나서서
할아버지 상황을 할머니에게 설명하고, 반대로 할아버지가
할머니를 답답하게 생각할 때도 중간에서 할아버지 이해를
돕는다. 내가 집에 있는 동안 잠깐이나마 할아버지가 혼자
외출할 수 있도록 시간을 드리고 할머니와 내가 함께 시간을
보낸다. 명쾌한 해결방안은 아니지만 내가 할 수 있는 작은
역할이란 생각을 한다.

　사실 두 사람만큼 서로를 이해하는 사람도 없을 것이다.
금방 목소리를 높여 날카롭게 맞서다가도 할아버지는 매일
밤 할머니에게 누가바 아이스크림을 잊지 않고 가져다주고,
할머니는 잊지 않고 할아버지의 약을 챙긴다.

지난 주말 저녁, 혼자 거실에 앉아 있는데 안방 문 너머로
두 사람이 두런두런 이야기하는 소리가 들렸다. 두 사람은
다 들리는 줄도 모르고 내 걱정을 이야기하고, 텔레비전에
나오는 건강식품을 보며 수다를 떨었다.

조만간 또 둘은 다투겠지만
다음 날, 그다음 날도 할아버지와 할머니는
서로의 삶을 잊지 않고 돌볼 것이다.

다음 날 집을 떠나며 생각했다. 두 사람이라 다행이라고. 두 사람이라 안심하고 하루를 또 살아간다.

마더

나는 엄마의 얼굴을 모른다.
내가 엄마에 대해 아는 것은 단 세 가지.

엄마의 이름,
내가 물려받은 엄마의 하얗고 건조한 피부,
엄마에게도 엄마가 없었다는 것.

초등학교 저학년 때까지 나는 엄마가 죽은 줄 알았다.
할머니는 엄마가 아주 어린아이를 두고 떠났다는 사실보다

세상 전체를 두고 떠났다는 거짓말이 내게 덜 상처가 되리라
믿었을 것이다. 조금 더 자라 엄마가 이 세상 어딘가에
살아가고 있다는 이야기를 들었을 때 나는 엄마가 버린
아이임을 알게 됐다. 하지만 할머니가 걱정하는 만큼 크게
상처받지는 않았던 기억이 난다. 아이인 나도 알 수 있었던
것이다. 엄마의 빈자리가 무엇인지 모를 만큼 충분히
사랑받고 있다는 사실을. 그러니 울지 않을 수 있었을
것이다.

다만 궁금했다. 나를 낳아 준 사람은 어떻게 생겼을까.
나와 얼마나 닮았을까. 얼굴도 모르면서 집에 있던 모든
앨범을 뒤적였던 날, 할머니는 내가 엄마를 만난 적 있다는
이야기를 들려줬다.

내가 네 살 정도 되었을 때 할머니는 엄마의 아버지가
위중하다는 소식을 듣고 나를 데리고 병원에 간 적 있다고
했다. 얼굴도 모르는 외할아버지 병실에 가만 앉아 있는 내가
심심해 보여 복도에 나가 놀다 오라 했는데, 조금 이따 병실로
돌아온 내 손에 캔 음료수가 들려 있었다고 했다. "어디서
난 거야?" 물었더니 어떤 아줌마가 내 이름을 물어보더니
음료수를 사 주더라 대답했다고.

얘기를 마치며 할머니는 그 아줌마가 네 엄마일 거라
말했다. 몇 년째 소식 없이 숨어 살던 네 엄마가 잠시 너를
만나러 왔을 거라고. 그날이 마지막인 줄 알았다면 더 자세히

얼굴을 봐 두었을 텐데 희미한 윤곽조차 남아 있지 않다.

어느 날 할머니는 말했다. "엄마를 미워하지 마. 안 그럼 네 삶이 힘들어져." 중학교에 들어가기 전이었고 나는 할머니의 말을 대수롭지 않게 들었다. 처음부터 내게 없던 사람이니 미워할 수 없다고 생각했다.

중학교 2학년, 학교에서 돌아와 속옷에 묻은 핏자국을 확인했던 날. 나도 친구들처럼 생리를 시작했다는 걸 알았다. 아랫배는 당기듯 아프고 피는 계속 흐르는데 어떻게 해야 하는지 알 수 없었다. 집에는 생리대가 없었고, 오래전 폐경을 한 할머니도 미처 준비하지 못한 상황에 당황한 듯 보였다. 나는 내 생리가 부끄러웠다. 그날 밤 휴지를 두껍게 말아 임시 조치를 한 뒤 다음 날 학교 앞 슈퍼에서 처음으로 생리대를 구입했다. 매대에는 브랜드와 크기 별로 다양한 생리대가 있었고 그중엔 날개가 있는 것과 없는 것이 있었다. 그날 어떤 생리대를 골랐는지 기억 나지는 않지만 생리대를 들고 계산대로 걸어가면서 혹시나 잘못 골랐을까 봐 조마조마했던 기억이 난다. 나는 생리에 대해 아는 것이 너무 없었다. 생리주기는 어떻게 되는지, 생리대는 어떤 종류를 어떻게 또 얼마나 사야 하는지, 생리통이 있을 땐 어떻게 해야 하는지 막막했다. 선생님이나 친구들에게 물었다면 도움이 됐을 텐데 내가 모르는 걸 알리고 싶지 않아 눈치를 살피며 조금씩 터득했다.

　어느 날은 친구네 집에 놀러 갔다 욕실 수납장에 차곡차곡
쌓인 생리대를 보았다. 엄마와 주기가 비슷해 생리대를
한꺼번에 구입한다는 친구의 말이 떠올랐다. 숨겨야 하는
비밀처럼 검은 봉지에 구겨 넣은 나의 생리대와 달리 친구의
생리대는 깨끗하고 편안해 보였다. 수납장에 손을 넣어
생리대 몇 개를 주머니에 챙겼다. 친구 집을 나오면서 물건을
훔쳤다는 죄책감과 함께 엄마가 있는 여자아이의 삶은 이런
거구나, 생각했다.

　처음 브래지어를 하게 된 때도 비슷했다. 가슴의 멍울이
자라 조금만 스쳐도 찌릿하고 아팠다. 할머니는 서울에
사는 고모에게 속옷을 사서 보내 달라고 부탁했다. 얼마 뒤
소포로 도착한 박스 안엔 여러 개의 스포츠 브래지어가 들어
있었다. 조금 더 가슴이 자랐을 때도 고모가 대략적으로
사이즈를 가늠해 보내 준 브래지어를 입었다. 어떤 것은
크고 어떤 것은 작았지만 다들 그렇게 입는다고 생각했다.
중학교를 졸업하고 고등학교 기숙사 생활을 하며 건조대에
널린 친구들의 예쁜 브래지어를 보았다. 함께 걸린 내 속옷이
초라해 보였다.

　친구들은 자연스레 엄마 이야기를 꺼냈다. 엄마와
목욕탕에 가면 꼭 요플레를 몸에 바른다든지, 엄마가 사다
준 옷이 마음에 들지 않는다든지, 엄마와 산부인과 검진을

받으러 간다거나 그게 아니면 오늘 아침 엄마와 싸우고
나왔다는 평범한 이야기들이었다. 그럴 때마다 입을 다무는
시간이 쌓이면서 마음 깊은 곳에서 콤플렉스가 자라났다.
물론 친구들은 나를 소외시키기 위해 이야기를 꺼낸 것도
아니었고, 이야기들 중엔 엄마와 좋은 추억만 있는 것도
아니었다. 다만 콤플렉스의 나쁜 점은 스스로 콤플렉스를
인식하기 이전으로 쉽게 돌아갈 수 없고, 나쁜 쪽으로만
생각이 질기게 퍼져나가 삶을 잠식하는 데 있다. 콤플렉스는
시기와 질투를 먹고 쑥쑥 자랐다. 아이가 여자의 몸으로
자라날 때 필요한 엄마의 관심을 받지 못했다는 생각이
자격지심으로 남아 나를 불완전한 사람처럼 느끼게 했다.
언제부턴가 나는 엄마가 없는 내 삶을 미워하고 있었다.

나는 스물 중반이 될 때까지 엄마가 되지 않겠다고 말하곤
했다. 결혼을 하더라도 절대 아이를 낳아 기르지 않겠다고.
물론 아이를 낳지 않겠다는 생각을 굳히게 된 데는 여러
사회적인 이유도 존재했지만 근본적인 이유는 스스로에 대한
두려움이었다.

엄마 없이 살아온 내가
과연 엄마가 될 수 있을까?
엄마와 관계를 맺어 보지 못한 내가
완전한 사랑을 보여 줄 수 있을까?

엄마 없이 자라는 아이의 운명을 내 아이에게도 물려주게 될 것만 같았다. 엄마 없이 자란 아이는 엄마가 될 수 없을 것이라 믿었다.

아이란 무엇일까. 외롭다는 친구에게 "엄마, 내가 있잖아요"라는 말로 위로를 건네는 친구의 네 살 난 아이를 보며 아름답다고 생각했다. "내 앞으로 뛰어가는 아이를, 애야, 하고 불러 멈춰 세운다는 것은, 그때 저 앞에 정지한 그림자가 내게서 떨어져 나온 작은 얼룩임을 알아챈다는 것은"이란 시 구절에 오래 멈춰 마음이 일렁였다. 사랑하는 사람을 만나 결혼을 이야기하고 두 사람이 살아갈 삶을 그려 보면서 자연스레 아이에 대한 가능성을 떠올리게 됐다. 나를 닮은 아이, 나를 믿고 자라날 아이, 내가 최선을 다해 사랑하게 될 아이. 내가 어떤 사랑을 받으며 살아왔고, 어떤 사랑을 받고 있는지 상기시켜 주는 이들의 마음을 선명하게 감각하면서 나의 믿음에도 조금씩 균열이 생겼다. 어쩌면 나도 엄마가 될 수 있지 않을까 하는 생각이 견고했던 틈을 헤집고 고개를 내밀었다.

오래전 엄마를 미워하지 않는 삶을 살라고 했던 할머니도 알았을 것이다. 어릴 땐 눈치 채지 못한 미움이 어느 순간 내 안에 뿌리를 내려 점차 몸집을 키워 가게 될 것을. 안타깝지만 자신의 노력만으로는 어찌할 수 없으리라는 사실도.
왜냐하면 할머니도 엄마 없이 자란 자신의 삶을 미워해 봤을
테니까. 그럼에도 할머니는 내게 말해 주었다.

"내가 최선을 다해 너를 키울 거야."

할머니는 할아버지와 함께 최선을 다해 나를 키워
주겠다는 약속을 어기지 않았다. 두 사람은 무슨 일이 있어도
나를 떠나지 않을 사람들이 내게 있다는 믿음을 심어 주었다.
그래서 아이였던 내가 지금의 내가 될 수 있도록, 작은 일에도
크게 웃고, 좋아하는 것을 자유롭게 선택하고, 누군가를
사랑하고 또한 누군가에게 사랑받는 용기가 있고, 가끔
우울에 빠지더라도 결국엔 밝은 쪽으로 걸어 나갈 수 있는,
구두 대신 운동화를 좋아하는 씩씩하고 덜렁대는 사람으로,
내가 사랑하는 나의 모습을 가질 수 있도록 해 줬다. 그렇게
나를 키워 주었다.

여전히 내 안엔 콤플렉스가 남아 있고, 엄마가 되는 일에
두려움도 있다. 다만 전화 한 통에도 매번 감사하다고 말하는,
나를 위해 자신들의 삶을 기꺼이 내준 두 사람을 생각하면
내가 받은 만큼 내 아이에게 돌려줄 수 있으리라는 용기가
생기기도 한다.

나는 내게 말을 건다. 내 결함이 내 삶을 대신할 수 없고
엄마의 자격을 정해 줄 수도 없다고. 엄마가 된다는 것은

최선을 다해 아이를 기르는 자세이고 과정이 될 테니까.
그렇게 나아질 것이다.

나도 엄마가 될 수 있다.

시 간 의 질 서

어제와 오늘, 내일을 구분하지 못하던 어린 나. 할아버지는
내게 며칠간 어디에 다녀오겠노라 말한다. 나는 묻는다.

"그럼 어제 오는 거야?"

내 말에 할아버지는 지금과 변함없는 미소를 젊은 얼굴에
띄운 채 대답한다.

"달님아. 이것만 기억해라. 어제는 가 버린 것이고, 내일은
오는 것이다."

가 버린 것과 다가오는 것.

그제야 내게도 생겨났을 시간의 질서.

나의 의미

할머니의 편지

내가 너를 처음 안았을 때.

　그때 네가 태어난 지 사흘은 지났을까. 아주 작은 핏덩이였지.

　네 엄마는 나가 버리고. 젖을 물려야 하는데 내가 젖을 줄 수 있나. 하는 수 없이 우유를 타서 먹였지. 다행히 네가 잘 받아먹더라고. 너는 잘 울지도 않았어. 울다가도 내가 이름을 부르면 금세 그쳤지. 그래서 생각한 거야. 이 아이는 하느님이 내려주신 아이인가 보다.

　나는 친정 가족이 없잖아. 경기도 여주에서 법관 지내던
우리 아버지는 전쟁 나 총을 일곱 번을 맞아 죽고, 엄마는 그
뒤로 사라져서 살았는지 죽었는지도 모르고. 그런데 아마
죽었을 거야. 그러니 날 찾으러 안 왔겠지? 그 후로 새로
들어온 할머니는 나를 그렇게 괴롭히더라. 내가 있으면 자기
자식들이 재산을 못 가져갈까 봐 그랬는지 참 많이 때리고
괴롭혔어. 그때 잘못 맞아 결국 다리가 이렇게 되어 버렸지.
끝내 재산 하나 못 받고 그 집에서 나온 거야.

　나는 늘 외로웠어. 결혼하고 나서 네 할아버지는 외국에
돈 벌러 다니느라 집에 잘 오지도 않고. 시어머니는 좀
힘들었어야지. 술 없으면 하루도 못 사는 시어머니는 매일
나를 구박하고, 쫓아내고. 사람들은 나를 무시하고. 다리가
이러니까 어쩔 수 없구나 생각하며 산 거야. 평생 행복이란 게
있는지도 모르고 살았지.

　그런데 네가 태어난 거야. 너는 모르겠지만 난 네가
내 옆에 있어서 참 행복했다. 처음으로 내 말벗이 생긴 것
같았거든. 너는 내 말을 들어 주고, 나를 알아주는 것 같았어.
네가 어릴 때 내가 너한테 그랬지. 어른을 열 번 만나면 열
번 다 인사를 해라. 그런데 네가 정말 그렇게 하더라고.
오죽하면 지나가는 이웃이 이제 그만 인사해도 된다고
그랬지. 그때 사람들이 그랬어. 아이를 참 잘 키우셨네요.

너는 그런 애였어.

너는 하나를 알려 주면 잊어버리지 않는 애였지. 한글을 알려 줄 때 'ㅇ'과 'ㅏ'를 합치면 '아'가 된다고 말해 주면 '가나다라'를 알아서 깨우쳤어. 그날도 너를 집에 두고 식당 일을 하고 있는데 네가 식당으로 쪼르르 달려와선 종이를 보여 주더라. 뭔가 봤더니 "할머니, 밥 주세요"라고 적어 온 거야. 식당 아줌마들이랑 그걸 보고 얼마나 웃었는지.

어느 날엔 네가 날아가는 나비를 보고 그랬지. 할머니, 나비는 날개가 있어서 좋겠다, 나도 날개가 있으면 훨훨 날아갈 텐데.

그래서 내가 그랬어.
너는 두 다리가 있으니까
자유롭게 뛰어가면 돼.

그 말을 듣고선 네가 저 멀리 뛰어가더니 금세 다시 돌아오더라.

너 고등학교 기숙사에 들어갈 때. 입소식 한다고 버스를 두 번 갈아타고 기숙사로 갔는데 부모들 다 모인 그 자리에 어떤 엄마는 하얀색 드레스를 입고 왔더라. 공주 같은 옷을 입고선 딱 봐도 부자 같더라고. 나도 모르게 기가 죽었는데, 입소식 마치고 학교를 나가면서 네가 어떤 선생님한테 꾸벅 인사를 하더니 나를 소개하더라. 선생님, 우리 할머니예요.
너는 네가 다리가 이래도 나를 부끄럽다고 생각하지 않았어.
그게 얼마나 고맙던지, 마음속으로 매일 고맙다고 생각했다.

나는 나중에 네가 가정에 충실한 사람을 만났으면 좋겠어.
돈을 허투루 쓰는 사람, 천 원을 벌어서 천백 원을 쓰는
사람은 만나면 안 돼. 자식들이 고생해. 그리고 남을 위해
봉사하는 사람이 되었으면 좋겠다. 내가 도와준 사람이 잘
살아가고 있구나, 느끼는 삶을 살길 바란다.

너는 둘도 없는 자식이었어.
난 네가 내 편이었다는 걸 알아.

고맙다. 행복하게 잘 살아.

할아버지의 편지

너는 낳기는 너거 아버지가 낳았지만 식구들 중에
내 마음에서 제일 벗어날 수 없는 그런 사람이었다.

너는 처음부터 그랬지.

너는 우쨌기나 땅바닥에 눕히질 않고 내 가슴에서 키웠다.
그만춤 내가 너한테 애착심이 많고 그랬지.

너가 얼마만춤 두뇌가 좋았냐면 너 여섯 살에 처음
콤퓨타를 사 줄 때. 그때는 콤퓨타가 비쌌다. 그때 100만
원이면 요즘 같으면 600만 원이 넘지. 너를 갖다주면서로
아무것도 모르고 기역 니은 그것만 아르켜 줬다고. 근데 너는
콤퓨타를 만질 줄 알고 입력시킬 줄 알고 그랬다.

너는 항상 나인테 기쁨을 줬고, 그랬지. 제일 기억나는
거는 울산 공장에서 일할 때. 네가 국민학교도 들어가기
전이었는데 학원에 보낸 네가 없어졌다고 해가 정신없이
너를 찾으러 다녔지. 근데 나중에 파출소에서 연락이
오더라고. 가 보니 네가 쪼그려 누워 자고 있어.

그때 내가 제일 행복했지.
너를 다시 찾았으니까.

나는 너한테 요구 같은 거 바라는 거 없다. 인제는 네가
앞길을 가야 될 사람이기 때문에. 너는 이미 네가 살아 나가는
앞길을 잘 알고 있기 때문에 이야기를 하지 않는다. 네가
나보다 똑똑한데 해 줄 게 뭐가 있노. 네가 바라는 길로 잘
걸어가기를 바란다. 나는 그거면 됐다.

내겐 가장 젊은 할머니 사진

30대의 젊은 할아버지

당연한 이야기지만

젊은 할아버지는 힘이 셌다. 이따금 차를 타고 먼 곳을 다녀올
때면, 뒷좌석에 앉은 나는 종일 멀쩡하다가도 집에 다다를
때쯤 꼭 잠이 들었다. 까무룩 잠이 들었대도 차 시동이 꺼지면
'아, 이제 집에 왔구나' 하는 느낌이 들었는데, 그땐 잠이
달아서 일부러 잠든 척을 하곤 했다. 그럼 할아버지는 나를
깨우는 대신 자신의 등을 내밀어 "얼른 업히거라" 말했고,
어린 나는 미안한 줄도 모르고 할아버지의 마른 등에 업혔다.
그렇게 매번 할아버지는 까마득히 어린 자식을 업고 집으로
걸어갔다. 뒤따라 걸어오던 할머니는 "어휴, 지가 애기야?"
하고 웃었고, 그 말에 할아버지도 나도 따라 웃었다.

중학생이 되었을 때, 학교로 가는 유일한 버스를 놓쳤던 날이 있다. 마침 할아버지의 차도 고장이 났고, 무슨 일이 있어도 학교는 가야 된다 믿었던 할아버지는 곧바로 창고에서 자전거를 꺼내 수건 두 장을 뒷좌석에 깔았다. 아무리 건강했대도 그때의 할아버지는 60대 중반의 나이였다. 그럼에도 할아버지는 통통하게 살이 오른 나를 태우고 30분 거리를 쉬지 않고 페달을 밟았다. 부지런히 앞으로 나아가던 할아버지의 두 다리와 거뜬히 그 시간을 견뎌 내던 두 무릎. 지금도 그날을 생각하면 할아버지 어깨 너머로 보았던 풍경들이 내 곁을 흘러가는 듯하다.

가끔 생각한다. 다만 시간이 지나갔을 뿐인데 할아버지의 힘은 어디로 사라져 버렸을까.

반년 전 할아버지는 간암 재발 수술을 받았다. 2년 만의 재수술이었다. 다행히 초기에 발견돼 수술은 어렵지 않았는데 기력이 약해진 할아버지의 회복 속도가 더뎠다. 병원에서 집으로 돌아온 첫날, 갑작스레 숨이 차서 주저앉은 할아버지는 또다시 병원 응급실에 다녀왔다. 급하게 고향집을 찾은 내 앞에서 할아버지는 물컵을 들 힘이 없어 손을 떨었다. 그 장면이 믿기지 않아서 집으로 돌아가는 차 안에서 조용히 울었다.

당연한 이야기지만

젊은 할머니는 귀가 밝았다. 늦은 밤 몰래 컴퓨터를 켜서
채팅을 하고 있으면 할머니는 잠이 들었다가도 기척을
알아채 방문을 두드렸다. 거실에 앉아 콩나물 머리를 떼고
있을 때도 부엌에서 냄비 끓는 소리를 귀신같이 알아채고,
일일드라마를 보다가 두런두런 주인공의 앞날을 이야기할
때도, 부엌에 둘만 남아 귓속말로 친척들 흉을 볼 때도
할머니는 누구보다도 내 목소리를 잘 들었다. 간혹 이젠 귀가
머는가 보다 했을 때도 농담으로 여겼을 뿐 정말로 그럴 줄은
몰랐다.

가끔 생각한다. 그저 시간이 지나갔을 뿐인데
할머니의 소리는 어디로 사라져 버렸을까.

언제부턴가 할머니는 아주 큰 소리로 이야기를 해야
알아듣는다. 평소보다 훨씬 목소리를 높여도 할머니는
"응?" 하고 두세 번씩 되묻는다. 모든 대화를 큰 소리로 할
수 없으니 자연스레 할머니는 가족들의 대화에서 소외된다.
그럴 때면 할머니는 무슨 이야기인지 궁금해서 나를 향해
"뭐라고 하는 거냐?" 묻는다. 그것이 할머니 잘못이 아닌
줄 알면서도 못난 나는 할머니가 답답해 화를 내고 만다.

그럼 할머니는 "잘 안 들리는 걸 어떻게 해" 하고 웃고 말지.
그러고 말지.

무심코 방에서 거실에 있는 할머니를 부를 때도 할머니는
아무 대답 없이 다른 곳을 본다. 그럴 때면 당신은 지금
어디에 있는 걸까 생각한다. 겨우 네다섯 걸음 정도 떨어져
있을 뿐인데 할머니가 아주 먼 곳에 있는 것처럼 느껴진다.

당연한 이야기지만

사람들은 모두 늙고, 언젠가 사라진다. 그걸 알면서도 내
부모의 늙은 모습은 잘 납득이 되지 않는다. 그래서 겁이 많은
나는 살다가 문득 발을 동동 구르는 기분이 든다. 우리 사이에
50년이라는 시간이 좀처럼 좁혀지지 않아서, 항상 50년
어린 자식일 뿐이라서 어떻게 이 시간을 지나가야 하는지 잘
모르겠다.

나와 다르게 그들은 가끔 친숙한 곳에 죽음을 맡겨 놓은
사람들처럼 군다. 마치 언제라도 그것을 찾으러 갈 준비가
되어 있다는 듯이. 어느 날 밤엔 자는 나를 깨워 자신의 보험
서류가 어디 있는지, 어디에 연락하면 되는지 미리 당부한다.
내가 사진을 찍자고 말하면 할아버지는 거울 앞에서 자신의
머리카락을 빗고 할머니의 머리카락도 가지런히 빗겨 준다.
그리고 가장 좋은 옷으로 갈아입은 뒤 상반신만 나오게 잘

찍어 보라 한다. 카메라를 보고 웃는 얼굴 앞에서 나는 웃어야
하니 울어야 하나 몰라 몰래 손을 떤다. 그런 내게 그들은
얼른 찍으라고, 괜찮다는 듯이 미소를 짓는다.

돌이켜 보면 할머니 할아버지에게 미안하고 고맙다는
말을 제대로 해 본 적이 없는 것 같다. 이상하게 그들
앞에선 무뚝뚝하고 재미없는 자식이 된다. 그 두 마디를
제대로 전하지 못해서 굳이 긴 글을 적었다. 그리고 이제는
어렴풋하게 알 것 같다. 그들이 나의 사진을 남겨 주었던
것처럼, 어쩌면 그들을 기억하고 기록하는 일은 나의
몫이라는 걸. 더 늦기 전에 말할 수 있어 다행이다.

나의 모든 이유가 되어 준

나의 두 사람

원고를 쓰는 내내 할머니 할아버지를 생각했지만, 정작 두
사람에게는 원고가 거의 마무리될 무렵에 책을 쓰고 있다고
말했다. 어떻게 말해야 할지 쑥스러웠기 때문이다. 처음
이야기를 꺼낸 날. 할머니는 울었고, 할아버지는 밝게 웃으며
어떤 이야기를 썼는지 궁금해했다. 나는 조금 들떠 내가
열다섯이었을 때 할아버지가 나를 자전거 뒷좌석에 태우고
학교에 데려다준 기억도 적었다고 말했다. 할아버지 등
뒤에서 보았던 초여름 아침 풍경이 아직 내겐 선명하다고.
몇 초간 할아버지는 나를 가만 바라보았다. 할아버지의
눈빛에서 시간이 멈춰진 게 느껴졌다. "미안해. 기억이

자꾸만 없어져 버려."
그날 나는 내가 글을 쓰는 사람이라 다행이라 생각했다.
두 사람이 돋보기를 쓰고 이 책을 한 장씩 넘길 때마다
우리가 함께 보낸 시간이 다시 흐를 수 있길 바란다. 환하고
따뜻하게, 가능하면 오래도록.

서른 해 전 할아버지가 세상으로 나를 처음 불러 준 것처럼
어느 겨울날 내 이름을 불러 준 어떤책 대표님께 감사드린다.

쓰는 사람으로 사는 동안 잊지 못할 글을 남겨 주신
은유 작가님과 박준 시인께도 감사드린다.

부족하고 겁 많은 내가 꾸준히 글을 쓸 수 있도록 응원해 준
많은 사람들. 여기에 전부 적진 못해도 내가 당신의 이름을
생각했음을 알 것이라 믿는다. 고맙고, 사랑한다.

마지막으로 이 책을 읽어 준 모든 독자분들께 진심으로
감사한 마음을 전한다.

2018년 4월,

김달님.

나의 두 사람

My Grandmother, My Grandfather

ⓒ 김달님, Printed in Korea

1판 6쇄 2023년 5월 10일
1판 1쇄 2018년 4월 30일
ISBN 979-11-962612-5-2

지은이. 김달님
사진. 김홍무, 송희섭, 김달님, 단도 리
펴낸이. 김정옥
디자인. 장혜림
편집 도움. 이지혜
제작. 정민문화사
종이. 한승지류유통

펴낸곳. 도서출판 어떤책
주소. 03706 서울시 서대문구 성산로 253-4 402호
전화. 02-333-1395
팩스. 02-6442-1395
전자우편. acertainbook@naver.com
블로그. blog.naver.com/acertainbook
페이스북. www.fb.com/acertainbook
인스타그램. www.instagram.com/acertainbook_official

안녕하세요, 어떤책입니다. 여러분의 책 이야기가 궁금합니다.

블로그 blog.naver.com/acertainbook
페이스북 www.fb.com/acertainbook
인스타그램 www.instagram.com/acertainbook_official

점선을 따라 가위로 오려서 보내 주세요. 우표 없이 우체통에 넣으시면 됩니다. ✂

보내는 분

이름

주소

이메일

이름

주소

이메일

도서출판 어떤책

03706 서울시 서대문구 성산로 253-4 402호

우편요금
수취인 후납
발송유효기간
2021.1.1~2023.6.30
서대문우체국
제40454호

저희 책을 읽어 주셔서 감사합니다. 아래 질문들에 답해 주시면 지난 책을 돌아보고 새 책을 기획하는 데 참고하겠습니다.

1. 《나의 두 사람》을 구입하신 계기

2. 구입하신 서점

3. 이 책을 읽고 난 뒤의 소감

4. 김달님 작가나 할아버지 할머니에게 하고 싶은 말씀

5. 출판사에 하고 싶은 말씀

보내 주신 내용은 어떤책 SNS에 무기명으로 인용될 수 있습니다. 이해 바랍니다.